我家有棵空心樹

陳瑞璧◎著

蘇力卡◎圖

目錄

1 我們這一家

放學了，我騎著我的新腳踏車，衝出校門，往家的方向賣力的踩踏板，車速快得就要飛起來了，耳邊不斷傳來那些催促的聲音：「陳詠真！趕快回家！趕快回家！妳要趕快回家幫忙妳的爸爸媽媽！」還有阿嬤那如泣如訴的叮嚀：「陳詠真啊！妳要乖，妳要堅強，妳要趕快回家幫忙！」

知道了！知道了！我要乖，我要堅強，我要趕快回家幫忙，所以——我拚命的踩踏板……

這葡萄園間的小路，我熟悉得閉上眼睛仍然可以順利的前進。從小阿嬤背著我、抱著我、牽著我，在葡萄園裡工作，在小路上散步，一起欣賞葡萄園的風光，聽阿嬤講葡萄園的故事：「以前有一段時期，差不多有——二十幾年喔，這附近幾個村子的農田幾乎都種葡萄。

「葡萄成熟的季節，幾十里路內，一片綠；那葡萄噢，一串串，垂掛在葡萄架下，非常漂亮……」

阿嬤總是慢條斯理的說，說說停停的，既感傷又懷念。

「後來……葡萄的銷路出了問題，有些人便廢掉葡萄園，轉種其他農產品……」

我們家並沒有廢掉全部的葡萄園，只有一兩塊地轉種其他水果，我們還是名符其實的葡萄農。

有時候，阿嬤會考我一些跟葡萄有關的問題，儘管那些問題已經考過無數次了：

「陳詠真啊！為什麼有的葡萄園要圍著網子？有的葡萄園圍著帆

布？」

「不知道。」我只好這樣回答。

我們家不就有圍著網子以及圍帆布的葡萄園嗎？

「圍網子是防止小鳥進去。」阿嬤微微笑著說：「小鳥很頑皮喔，都會用尖尖的嘴去啄圓滾滾的葡萄，啄得那葡萄皮破血流。」

「噢！」我皺著眉頭，無限心疼的說：「那葡萄一定很痛！」

「可是，蜜蜂和蝴蝶很高興。」阿嬤說：「小鳥把葡萄的皮啄破，蜜蜂和蝴蝶就飛進去喝葡萄汁。」

「那蜜蜂和蝴蝶還真狡猾！」我假裝生氣的說。

「有帆布圍著的葡萄園，裡面種的是溫室葡萄。」阿嬤說：「溫室葡萄園，牠們就進不去了。」

「喔！原來如此！」我用詼諧的口氣說：「阿嬤不說我都不知道。」

「陳詠真啊！」阿嬤問我：「圍著網子或帆布的葡萄園，看起來很溫暖，是不是？」

「嗯，很溫暖！」我說：「葡萄住在『家』裡面。」

「沒有『家』可以住的葡萄園，小鳥、蜜蜂和蝴蝶，想吃多少就吃多少。」阿嬤說：「那些小動物很聰明喔，都會挑選最甜的葡萄吃。」

「牠們最愛吃哪一種葡萄呢？」我假裝不懂的問阿嬤。

「當然最愛吃蜜紅葡萄，蜜紅葡萄甜得像蜜一樣。」阿嬤說：

「陳詠真啊！鳥、蜜蜂和蝴蝶，為什麼懂得分辨哪種葡萄汁比較甜

呢？」

「當然懂啊，」我說：「小動物也有腦筋！」

「小動物也有腦筋……」阿嬤喃喃自語的望著四周的田地，不知道在想什麼？

然後她說：「陳詠真啊！妳看，這麼多農田沒人耕種，放著長雜草，好可惜；防風樹也沒有人幫它們修剪，那麼亂。」

除了跟我，除了在葡萄園，除了談農田，我的阿嬤平日裡是相當相當沉默的，沉默得像一棵不會說話的樹。

「不會說話的樹」七十幾歲了。

阿嬤是我爸爸他們兄弟的後母，爸爸的親媽媽在爸爸二個月大的時候死去了，帶爸爸長大的是阿嬤這位後母。後母阿嬤個子高高瘦瘦的，看起來很結實，一向很少有病痛，因為長期照顧重病的阿公太過勞累吧？最近開始這裡酸那裡痛的，經常傷風感冒、咳個不停，也時常感嘆眼花花、頭暈暈……

我一直不知道，阿公「站起來」是什麼樣子？我懂事時，阿公就已經是個躺在床上的病人了，再大一點才明白他是中風了，併有其他的疾病，生活無法自理，口齒含糊不清，脾氣又暴躁，外勞阿雲還沒來之前，有整整十年的期間，都是阿嬤在照顧阿公，爸媽以及漸漸長大的我，雖然都會幫忙，但是，我要上學、爸媽要下田工作，除了晚上，白天我們很少在家裡。

阿嬤每天得數次幫阿公翻身、清理便溺、按摩、煮餐、餵藥；得費九牛二虎之力，把阿公弄下床，坐在輪椅上，推到院子裡、小路上、圳溝邊或葡萄園逛一逛、曬曬太陽……阿嬤把阿公照顧得很好，可是阿公對她並不好，還沒臥病在床時對她不好，躺在床上一切得仰賴阿嬤才能生活了，還是時常拿她當出氣筒。

「唉唷！唉唷！」深夜裡，哪來的聲音如此淒厲？

那是我阿公不舒服的呻吟聲，或者他的某種病發作了。

這時，我們一家人就會從睡夢中被吵醒，就會匆匆忙忙的衝到阿公床邊，七手八腳的，這邊捏一捏、那邊抓一抓，做一些想減輕阿公痛苦的動作，嘰哩呱啦的說些安慰的話：「不要緊張，阿公不要緊張噢！」

「我來幫你按摩，這邊嗎？還是這邊？」

「這樣有沒有舒服一點？」

「不痛，不痛，馬上好，馬上就好了噢！」

通常都是我們做得越賣力，阿公叫得越大聲；我們安慰的話說越多，阿公越煩躁。打一一九電話叫救護車吧！救護車ㄛ一ㄛ一的來了，消防隊的叔叔抬著擔架進來，高大肥胖的阿公，全身軟趴趴的像一團肉球，被擱在擔架上，繼續痛苦的慘叫。阿嬤、爸爸、媽媽和我四個人，你拉我，我牽你的，陪阿公一起坐上救護車，ㄛ一ㄛ一……到醫院掛急診去。

這種狀況，有時候一兩個月一次，有時候一個月一兩次。

你會不會感到納悶？為什麼阿公一個人生病，得這樣全家人都陪

著去醫院呢？

那是因為：我爸爸是個啞巴，只會簡單的手語和啊啊啊，媽媽擔心醫院的人不懂手語，又聽不懂爸爸的「話」，更沒耐心等著看他用寫的，覺得跟去幫忙說話比較放心。可是，媽媽小時候得過腦膜炎，沒處理好吧，腦筋有點不靈光，遇到這種狀況，她都會很害怕，怕得畏畏縮縮的，說話結結巴巴，其實，她在說什麼人家也不容易聽清楚，所以阿嬤會不放心，就也跟去了。

那，為什麼不讓阿嬤陪阿公去就好？呵呵！阿嬤也是老人耶！怎麼可以只讓她去？那麼，為什麼我不替阿嬤和爸媽陪阿公去醫院？讓他們三位長輩在家休息呢？以前我太小當然不行，上五年級之後，我說過我可以，我也願意，但是，三位長輩不放心呀！那麼，我應該是可以不用去的，在家睡覺不是很好嗎？是啊！是沒有人要我去，可是——我也不放心他們呀！

就是這樣，每當阿公的唉叫聲響起，我們全家人就很有默契的：一起起床，一起匆匆忙忙的跑到阿公房間，一起幫他按摩，一起嘰嘰喳喳，一起被罵，然後，一起ㄛ一ㄛ一上醫院。我們常去的那家醫院，急診室裡的醫生和護士，大都認識我們這一家人。

終於，阿嬤累倒了！阿嬤累倒了，換她被送急診，甚至住院之後，才有現在照顧阿公的外勞阿雲。有了外勞照顧阿公，阿嬤出院之後，美秀姑姑就把阿嬤接去她家療養，帶她複診，繼續治療身體。

阿雲照顧阿公，半夜裡送急診的時候，我們還是全家出動，因為阿雲才來半年多，語言上不是很方便，又不愛說話。所以，我得代替

阿嬤，負責去說明阿公的狀況。阿嬤要去姑姑家治療身體時，一再的叮嚀我：「陳詠真啊，妳一定要記得，放學之後，要趕快回家，趕快回家幫妳爸爸媽媽做事，幫妳爸媽跟人家把話講清楚，不管遇到什麼情況，妳都要鎮定，不要害怕。」

其實，說話這方面我並不太擔心。在小二那年，老師就讓我參加學校朗讀及演講的訓練。負責訓練我（我們）的，就是我現在的級任紀老師。三、四年了，我跟著紀老師認真的練習，國語台語雙管齊下；紀老師帶著我，代表學校參加過很多次大大小小的演講及朗讀比賽，都是名列前茅，為我們這個迷你小學，闖出不小的名氣。

我們家還有三位伯父。伯父們對我來說，是很陌生的親人。據說大伯娶了老婆之後沒幾天，夫妻就一起到大都市打拚去了；二伯則是

去大都市讀書，畢業後沒有回來家鄉工作，留在那邊娶妻生子、奮鬥事業。阿嬤說我的爸爸是他們兄弟裡最聰明、最帥的一個，可惜，也是因為生病沒治好，就啞了！

爸爸因為身體有障礙，國中畢業後就沒有再升學，留在家鄉和父母同住，繼續做個葡萄農，娶了個很文靜、很漂亮，可惜頭殼有點壞掉的老婆，生了我這麼個女兒。大伯和二伯住在同一個都市，我們家的人通稱大伯二伯住的地方「大都市」，大伯和二伯稱返鄉，也沒說返哪個鄉哪個村莊，只是說要回「鄉下」。

大伯和二伯很少回鄉下，一年回個一兩次吧？看一下生病的阿公，春節則會包個紅包給我和阿嬤，然後就匆匆忙忙的回「大都市」去了。村子裡的人都說：「你們家大伯和二伯，都只是回來沾個醬油。」年紀小一點的時候，我不懂這個意思，以為他們真的是回來沾個醬油，事實上又沒看到他們在沾醬油，小腦袋裡充滿疑惑。稍微長大後，才弄明白，原來那是人家在說他們回家的時間太短，就像我們吃東西「沾醬油」那麼一下子。

雖然大伯和二伯來去匆匆，對我們這樣的一家人，少有關懷更無協助，但是，大伯和二伯在鄉下的名氣可是很大的，村子裡的人傳說著，我們家大伯「非常有錢」。傳說中，大伯開了一家工廠，大伯母經營一家生意好到不行的超市，他們還有七、八十間小套房及數間黃金店面出租，每個月光是房租就有一兩百萬收入——或許不止。傳說中，二伯則以「非常有學問」出名。擁有博士學位的二伯，在他們那個領域裡的名氣很大，大到不知道他的人都會死掉。傳說，二伯一家人出入開的是很時髦的名車，住的是像皇宮那樣的豪宅。

這些傳說讓我對兩位伯父，存在著某種程度的好奇，隨著年齡的增加，也加深著我對他們只會「沾醬油」，放著老病的父母，讓傷殘老小的我們照顧，感到非常不以為然，打心裡感到這樣很不公平。偶爾，我會跟阿嬤提起，要他們也來分擔一下，不出力也要出錢呀！我們才不會這麼累，阿嬤都說：「人家他們在做大事，這種小事，我們來做就好啦！」

呵呵！什麼是大事？什麼是小事？阿嬤根本就是不敢開口！

我們家應該還有一位三伯父，但是，三伯早在念高三那年，在附近圳溝游泳時溺斃了。聽說阿嬤對三伯懷念很深，還有一種愧疚的心情，我就盡量不提起，以免碰痛她內心的傷痕。

我們家另一位親人，就是帶阿嬤去療病的美秀姑姑。美秀姑姑是我阿嬤的親生女兒，當年阿嬤要嫁給阿公當填房的時候，阿嬤為了要專心照顧我父親他們四兄弟，就把美秀姑姑送給人家當養女，我們一直都有來往。美秀姑姑對我爸爸這位跟她沒有血緣關係的弟弟很好，時常和姑丈來關心，有時候還會帶一些我們家需要有，而我們並沒有的東西送過來，吃的、用的，還有，我所有的課外書，除了獎品，就都是姑姑他們帶過來的。姑姑會帶阿嬤去她家療養，也是體諒爸媽工作忙，又要照顧阿公。

2 我們家的「女婿」

我住的地方是個小農村，念的是全校只有七、八十位小朋友的迷你小學，每天走的就是那幾條路，看的就是那幾個人，偶爾出外便是參加校外比賽或校外教學活動。我很少和同學到鎮上逛，爸媽也很少帶我出去玩，而我的外婆家就在我們村子裡面，走沒幾步路就可以到的地方，所以，我連「坐車到外婆家玩」的機會都沒有。我唯一一次去參加「農產品展示會」，還是跟鄰居葡萄農去的。我曾經建議爸爸，帶我們的產品去參加展示會，讓他那些得意的創作亮亮相，也讓我風光風光，可是爸爸不要，爸爸喜歡默默的研究，默默的種植，默默的銷售。

我不止一次的對爸爸說：「爸，你不要太宅好不好？我們要多接觸外面的世界，你說話不方便，我可以做你的代言人呀！你忘了嗎？

你女兒是演講高手。你記不記得，有一次，我講『半夜的ㄛㄧㄛㄧ聲』，因為講得太精彩了，坐在我前面的一整排評審老師，評審老師一整排喔，都感動得哭成一團，我……」

「啊！」爸爸打斷了我的話，比比樹上的麻雀，比比我，比手畫腳的大聲「說」：「妳……妳，妳是這麼大的一隻麻雀啦！」然後，我們父女倆就哈哈哈的擁抱著笑成一團。對我的這項榮譽，爸爸其實是很開心的，每次我帶獎狀和獎品回來，爸爸就會哈哈大笑的抱著我轉圈圈，媽媽像啦啦隊，在旁邊樂不可支的拍手吶喊，阿嬤則是默默的望著我們笑。

我是爸媽唯一的孩子，因為他倆的殘障都是後天生病造成的，並無遺傳的基因，所以，我是很正常的，大家還說我遺傳了爸媽的優

點，真是謝天謝地。跟長髮媽媽不一樣的是：我喜歡剪比男生的三分頭長一點點的短頭髮，喜歡穿男生的衣裳，乍看之下，就有人會以為我是個男生。

除了要上台的時候，我會刻意打理一下自己，平日裡的我，總是一副灰灰髒髒的模樣，因為——我真的太忙了。為了要來得及準時上學，就會來不及換乾淨衣服，經常放下手中的工作，胡亂的扒兩口飯，抓著書包就往學校衝，通常都是衝到學校才發現：兩腳穿著拖鞋——甚至打著赤腳，沒

有換衣服，臉上、手腳上或身上沾裹著污物……

我問過阿坤，我這個樣子是不是很討人厭？阿坤說：「不會啊！這樣——很有特色啦！」

我反覆的思考：「很有特色」是怎樣？是好的感覺？還是討厭的另一種說法？

不知道為什麼，我老是把阿坤對我說的話放在心上。阿坤是我們班上的同學，我們班上只有八位同學，不分男女，大家感情都很

好。三位男同學之一的鄭明坤，跟我們家有親戚關係，他阿嬤是我阿嬤的表妹，我們互稱對方的阿嬤表姨婆，簡稱「婆！」那，我和鄭明坤要互相稱呼什麼？你說呢？

鄭明坤家住在離我家不到二十公尺遠的地方，我和他同年同月來到這個人間，他上旬出生，下旬我就趕來了。鄭明坤家是經營安養院的，安養院裡僱用了好幾個勞工，人手很多，阿坤在家裡，除了寫功課，什麼事都不用做。

阿嬤偶爾會提起，我剛開始學會走路，就時常搖搖擺擺的走出家門，朝阿坤家走去；阿坤也是都還走不穩呢，就跌跌撞撞的往我們家走來的往事。挺好玩的噢？

時間過得好快，我們都上學了。上學之後的我，是個長腿姊姊，

瘦歸瘦，但長得挺高的，阿坤則老是長不胖長不高，小不點一個，現在五年級了，個子比我小，到我肩膀再上去不遠的地方。但是，他很善良很活潑，脾氣很好，我在學校或家裡，遇到什麼難題，都會去找他商量，他也都會盡量幫忙。

我爸爸媽媽那兩個人噢，真的是少了好幾根筋，看我跟阿坤這麼投緣，就跟人家說阿坤是我們家的女婿，村子裡有一些促狹的人，就這樣講：「啞巴說鄭明坤是他們家的女婿ㄋㄟ！」話中帶著戲謔，這讓我感到很無奈，很難為情，幸虧阿坤家的人並不以為意，阿坤也沒放在心裡吧？因為這些話並沒有影響到我們的友誼。

3 每天都有忙不完的事

變速腳踏車的車速比原來的那輛古董車快多了，看！家就在前頭不遠處了。自從有了這輛變速腳踏車，我的壓力雖然依舊重重的，但心情總是美美的。

這輛新腳踏車，是前不久阿嬤帶我去鎮上腳踏車店買的。阿嬤時常聽到我在跟爸爸吵著要買新腳踏車，可是，每當我一跟爸爸提起要買腳踏車，都會立刻被爸爸「啊！啊！啊！」的把滿腔希望「啊」掉。爸爸的邏輯觀念怪怪的，也或許是太儉樸的關係，在爸爸眼裡，我的腳踏車還好得很，換什麼換?!

「爸！現在的小學生沒有人騎這種古董車了啦！」我比手畫腳的對爸爸說：「它常常會掉鍊子，鍊子一掉就很難弄得上去，我經常從半路上牽著、扛著、拉著、拖著它回來；那樣牽、那樣扛、那樣拉、

那樣拖，很累！很狼狽、很好笑，很丟臉耶！」

「……」爸爸都會毫無反應的繼續做他的事，當我是一團空氣在他身邊遊走。

「好啦！買一輛新的腳踏車給陳詠真啦！」媽媽也會幫我跟爸爸要新腳踏車，媽媽很心疼的說：「女孩子，都嘛會愛漂亮！」

「啊！」爸爸大聲的衝著媽媽吼著，同時揚起手，作勢要打媽媽，這時候，媽媽就會乖乖的閉嘴，皺著眉頭，沒趣的走開。

阿嬤若是在場，她會繼續做她正在做的事，比如掃地、整理東西，但是她的耳朵會拉得長長的，仔細的聽這一對都帶著缺陷過生活的小兒子夫婦在「說話」。

升五年級的暑假，爸爸花了幾萬元，買新的電腦，把舊的電腦送給我了，雖然是舊的，我還是很高興，問題是，他還是不肯幫我買幾千元的腳踏車。可也不是我愛花錢，或是媽媽說的「女孩子都嘛愛漂亮」，爸爸媽媽為什麼老是搞不懂——我要買新腳踏車，是為了要晚點出門、早點回家；是為了要聽阿嬤的話，趕快回家幫忙爸爸媽媽——破腳踏車跑不快，讓我有志難伸啦！

這一天，阿嬤來到我的房間裡，手裡拿著三張一千元的鈔票。

「陳詠真，我們去鎮上買腳踏車。」阿嬤揚一揚手裡的錢，對我說：「阿嬤買一輛腳踏車給妳。」

「為什麼是妳買給我？」我說：「那是爸爸要買的，妳又沒什麼收入。」

「有啦，阿嬤有老農年金可以領。」阿嬤笑著說：「過年，也有

紅包收入啊。」

「不要！不要！」我說：「我爸爸遲早會買的，我耐心等就好，阿嬷不要急。」

「走啦，我們去買！」阿嬷走過來，拉著我的手往外走。

我們去找阿坤幫我選腳踏車。

就是這樣，我有了這輛嶄新的腳踏車。為了這輛腳踏車，爸爸足足有一個多星期沒和我「說話」。他以為我向阿嬷敲竹槓，每次與我面對面遇上了，都是一臉不屑的表情，翹嘴巴、皺眉頭的。

但，我如願以償的可以——晚點出門，早點回家。

晚點出門，我把早餐收一收、把碗洗一洗；把衣服擱進自動洗衣機洗，爸爸媽媽的工作服可是很髒的，不可以好幾件堆積在一起，好

幾天才洗一次；我要掃地、抹桌椅，要餵雞、餵貓、餵狗……我們的雞養在葡萄園，就是赫赫有名的「葡萄雞」。很多葡萄農都會養一些葡萄雞，讓牠們在葡萄園的棚架下跑來跑去，那種雞很有機，價錢也比一般的雞貴，我們家也都會養幾十隻那種雞，管理那些雞本來是阿嬤的工作，阿嬤生病以後，養雞的工作就也落到我身上了。

早點回家要做的事可就多了：停好腳踏車，先去看看阿雲和阿公

有沒有什麼狀況？比如有一天，我回到家門口，先是聽到阿公用不是家人根本就聽不懂的、混濁到不行的聲音，很憤怒的在罵人，還不停的罵三字經，接著一聲沉重的「啪！」的聲音傳來，我奔入阿公房間，天啊！是阿雲打了阿公耳光！怎麼可以這樣？我怒氣沖天的問阿雲：「這是什麼情形?!」

阿雲說她也沒怎麼樣，阿公就生氣，一直罵她，還罵她的母親，她才會打他一個耳光。阿雲說她沒有真的使力，打一下只是想教育阿公，不可以罵人家的媽媽。我說阿公口齒那麼不清，妳怎麼聽懂他在罵妳媽媽？阿雲說阿公常常那樣罵，她就聽懂了。這時候，我就要開始教育阿雲，告訴她無論如何，不可以打病人；告訴她不可以說謊話，若不是使勁兒打，不會有「啪！」的聲響，而且凡是打過的都會留下痕跡，阿公的臉上有掌痕。當然，我也要教育一下阿公：脾氣好一點，不可以罵髒話！

「教育」好阿雲和阿公，我趕去洗米煮飯、餵那一群牲畜，若是媽媽有到公路邊擺攤賣自家種的梨子或葡萄等水果的日子，我早晚還要騎著腳踏車幫忙擺攤及收攤；若是讓我發現有人欺負我的爸爸或媽媽，我還要挺身而出，去找人家理論或討回公道。比如，我們村子裡有一個小混混，老愛跑去媽媽賣葡萄的攤子瞎扯，一邊扯一邊拿葡萄吃，每次都會吃差不多一斤或許不止，才會擦擦嘴巴、拍拍屁股走人，當然——一毛錢也沒付。媽媽拿他沒轍，回家都會哭喪著臉，很不甘願。

早有經驗了，那種人總是「軟土深掘」，若不有點回應，他一食

髓知味，就會後患無窮。於是，我便二話不說的騎著腳踏車，飛也似的來到那個人家裡，伸手對他說：「來，付錢！」

「付什麼錢？」

「你今天去我媽媽攤子那裡吃了什麼東西？」

「唉唷！試吃一顆葡萄也要錢噢？真是小氣！」

「對不起，不是試吃一顆，是吃一斤——或許不止。一斤蜜紅葡萄多少錢？你很清楚。」

「噢！妳很愛計較ㄋㄟ！」

「什麼叫做愛計較?!」我大聲吼著：「你也知道，我爸爸、媽媽種葡萄比任何人辛苦，你老是想白吃，這樣對嗎？」

那人掏出了一疊鈔票，故意在我面前揚了揚，從中抽出一張一百

元的遞給我，非常不情願，還要我找錢。我很生氣的，用他們那種人說話的口氣，對他說：「自己不付錢還要我來收，不用算跑路工噢！」

然後，我跨上腳踏車拚命踩踏板，隱約聽到那混混在背後罵我三字經，他竟然罵我母親！我怒火中燒，很想學阿雲，回頭去「教育」他一下，可是我不敢。

總而言之，我每天都有忙不完的事，我得忙完這些事，才能寫功課，寫完功課已經很晚了，到處巡一巡，通常爸爸都還在他的工作間，埋首閱讀書報或做研究，媽媽則睡得呼聲連連了。

4 阿公走了

這天，我騎著腳踏車在回家的路上馳騁。秋風吹呀吹，吹得我的短髮胡亂狂飆；藍色牛仔褲裹著瘦瘦長長的兩腳，乳白色的夾克寬寬鬆鬆的。我把夾克的拉鍊拉到領子最上邊，讓領子包圍著我的脖子豎立，幫我擋風。我在葡萄園間的小路上，快速的踩著踏板，飛過葡萄園、飛過菜園、飛過長著雜草的農田，過了大排水溝，再騎不到兩分鐘，就衝進我們家的庭院裡了。

阿嬤不在的日子，迎接我回家的，通常是一片寂靜，今天也不例外。阿嬤在家的時候，她知道我的放學時間，如果沒有特別的事情，她會在院子裡或大門口迎接我回來，讓我的腳踏車停在她身邊。見到我，阿嬤會微微的笑著，慢條斯理的問我：「陳詠真啊，妳肚子會不會餓？」

阿嬤習慣叫我「陳詠真」，她說：「陳詠真很好聽。」村子裡不會講國語的阿公阿婆，也都會用國語叫我「陳詠真」。

寂靜包圍著這個由兩棟三層樓房拼成的家。樓房是自己的三合院老家新蓋的，土地夠大，也因為工作上的需要，空間不小，屋子的東面還有一間鐵皮屋，那是我爸自己釀葡萄酒的地方。

這棟房子是我出生第二年蓋的，比較近的鄰居就是叔公家。叔公家的房子和我們同時建的，一模一樣的格局，連院子和鐵皮屋都一樣大，像雙胞胎。我們家屋後有一排木麻黃樹，院子裡種了幾棵龍眼樹，都是蓋房子時種的，如今，那些樹木也不小了，濃蔭處處，我們家的小發財車、機車、腳踏車，都習慣停在龍眼樹下。

這個時間，爸媽通常都還在田裡工作。我們家有五分地，全部種葡萄和梨子等水果，蔬菜則很隨意的種在果樹下。媽媽雖然手腳不很俐落，但是她很勤勞，爸爸也一樣，是個每天都忙得昏天暗地的人，除非萬分不得已，他不會僱用工人。採收葡萄的季節，爸爸不但要剪葡萄、要載昨天下午或今天一大早剪的新鮮葡萄去早市賣，三不五時的，他還會釀一些酒、一些醋。

媽媽除了幫忙爸爸整地、除草、剪葡萄、種蔬菜，還要在我們村子外的公路旁擺個路邊攤，賣自家出產的水果。原來是為供給自家食用而種的蔬菜，總是長得太茂盛，怎麼也吃不完，鄰居農家大部分都有種青菜，分享出去的不多，媽媽就會把那些蔬菜，分門別類的綁成一把一把的擺在水果攤旁邊，說是要順便賣，但是，大部分都被媽媽送人了。只要有人多買幾箱葡萄，媽媽就會感動萬分的拿起一把或

數把蔬菜送給客人，告訴人家那是她種的，是絕對沒農藥沒化肥的蔬菜。

縣道上來來往往的過客，總有人會停下車來買葡萄，新鮮美味的葡萄，裝在漂漂亮亮的紙箱裡，是很甜美的伴手禮。看人家一小箱一小箱的葡萄提在手上，再拎幾把青菜，媽媽都會笑得很開心，一再的叮嚀客人：「下次還要再來買喔！」熱情萬分的對著人家的車屁股揮手，直到那車子消失在她的視線裡為止。

把腳踏車停好，我背著書包推開家門，往阿公的房間走去。

「陳詠真啊，妳來看看。」阿雲神色有點慌張的對我說：「妳來看看，阿公怪怪的喔！」

「阿公！」我靠近阿公身邊，輕輕的叫了一聲。

阿公微閉著眼，好像在睡覺，又好像不是，沒有回應。

最近，阿公的病況越來越嚴重，這一年來幾乎都沒有下床坐輪椅到屋外曬曬太陽、看看葡萄園了，陪他好幾年的輪椅，像歷盡滄桑的鞋，疲憊的擱在牆邊休息。

「阿公！阿公！」我放大聲音叫。

我發現阿公真的跟平時不一樣。阿公的眼皮垂了下來，但還有一點縫。仔細一看，阿公的嘴唇微微的抖動著。

「阿公，你怎麼了？」我湊到阿公身邊，問他：「你不舒服嗎？」

「中午那時候還好好的，剛剛我走進來才發現阿公怪怪的。」阿雲著急的說：「我去找老闆回來噢？」

「是呀！是呀！妳趕快去找我爸回來！」我催促著阿雲：「也去跟阿坤講一下。」

「……」阿公嘴巴在動，那個嘴型好像在叫「阿嬤！」

「阿公，你是在叫阿嬤嗎？」我說：「阿嬤也在生病，她在美秀姑姑家啊。」

「我……我……」阿公用很微弱但難得這麼清楚的聲音說：「我……謝謝……謝謝她……」

「阿公，你說你謝謝阿嬤，是不是？」

阿公困難的點點頭，緊繃的臉鬆弛了一些，慶幸我聽懂他的話吧？

「阿公是不是要死了？」我看著眼前的阿公，心裡很緊張。

「現在就要去打電話給阿嬤嗎？還是……」我跟自己商量：「阿

公病了這麼久，難免是要死的，說不定阿公就要死了呢！」

我雖然是個很堅強冷靜的小孩，但是，從來沒有親自面對親人死別的經驗，還是會害怕，何況現在大人都不在家。我害怕得全身顫抖著，心裡一直呼喚著爸爸媽媽趕快回家，阿坤趕快來。

我剛想到這裡，阿坤就來了，帶著他阿嬷還有一個他們安養院的外勞。婆大概是知道我們需要人手幫忙。

接著，爸爸媽媽回來了，他們用跑的進了房間，來到阿公的床前。

「要——不要送醫院啊？」媽媽很慌張的問爸爸。

「……」爸爸摸摸阿公。轉頭對我們比了一個「死去了！」的手勢。

「死了啊！」媽媽睜大了眼睛，驚懼的說：「死了——死了也好啦！活得……那麼痛苦。」

「啊啊啊啊啊！」爸爸哭喪著臉說：「啊啊啊啊啊！」

「爸爸很可憐！」媽媽喃喃的複訴著爸爸的話：「折磨十幾年！」

當然，媽媽不是聽懂爸的「啊！」，她是從爸的動作、表情、眼神裡，讀懂他的話。

「唉！能解脫也好！」婆歎口氣說：「躺這麼久，他苦你們也苦。」

爸爸和媽媽在阿婆以及剛剛趕來的叔公的協助下，開始處理阿公的後事。他們叫我、阿雲以及阿坤家的外勞打掃大廳，等一下阿公的

遺體必須移到大廳。我一邊打掃一邊想著：「阿公今天早上還是一個活人，現在他死了，他的身體變成了屍體，那，他的靈魂呢？阿公的靈魂會去天堂或者去地獄？或者……還有什麼地方可以去？」

嬸婆和他們的孩子也過來了，他們先打電話給葬儀社，然後在客廳的一旁擱一張木板床，把阿公的遺體抬到那木板床上，床尾的地方擱一個燒紙錢的盆子，叫我在那盆子裡燒紙錢。我依照大人的指示，把一張張的紙錢放進盆子裡燒。

晚上，我打電話給阿嬤，告訴她阿公過世的消息。阿嬤並沒有很驚訝，她平靜的說，她得等第二天下午，美秀姑姑和姑丈下班，才開車載她回來。

第二天下午，做法事的時候，大伯、大伯母，二伯、二伯母，都

陸陸續續的回來了。這一次，他們的孩子也都回來了。這些陌生的堂兄姐，因為年齡上的差距，因為他們很少回來，我對他們很不了解，對他們的一舉一動，感到很好奇，我靜靜的觀察他們，回想著村子裡傳說著的關於他們的故事。

阿公的法事是用道教的儀式，也就是請道士來家裡做法事。做法事的帳棚裡掛著幾幅地獄圖，那些圖很詭異，我時常去那裡走走看看。在道士誦經的過程中，所有兒孫都要在場跟著拜拜，擴音器傳出來的誦經聲，向四面八方散去。我和爸爸媽媽也穿上孝服，在做法事的地方跟著拜拜。爸爸和媽媽拜一會兒就要離開一會兒，去忙其他的事。辦一場喪禮，有很多瑣瑣碎碎的事情吧？看他們忙來忙去忙個不停。

「添丁嬸回來了。」一個族裡的人這樣嚷著。死去的阿公名叫陳添丁，依輩分那個人得叫阿嬤添丁嬸。

聽到阿嬤回來了，我高興的離開拜拜的地方，朝門外跑去，果真看到美秀姑姑正打開車門，扶著阿嬤走出車外。

「阿嬤！姑姑！姑丈！」我跑過去跟他們打招呼，幫忙扶阿嬤走路。

「陳詠真啊！」阿嬤有點困難的鑽出車門，緊緊的拉著我的手，全身上下的打量著我。雖然，阿嬤在美秀姑姑家治療身體的這一段時間，姑姑和姑丈差不多一個月就會載阿嬤回來看看，但我從小就習慣和阿嬤生活在一起，阿嬤還是很想念我，我也很想念阿嬤。我看阿嬤氣色比在這裡時好多了，心裡很高興。

「妳還是那麼瘦。」阿嬤心疼的說：「又瘦又黑。」

「阿嬤，」我趕忙對阿嬤說：「昨天下午阿公要斷氣的時候，有說謝謝妳喔！」

「噢……」阿嬤面無表情的應一聲便沒再說什麼。

5 美麗的遺產夢

姑丈去停車，我和美秀姑姑攙扶著阿嬤，朝阿公做法事的地方走去。才走沒幾步，穿著孝服的大伯母和二伯母，跨著大步走過來站在我們面前。臉上化著妝、穿著高貴的大伯母，很不客氣的對阿嬤說：「妳不是已經離開這個家了嗎？我公公過世妳也不在場，妳拋下生病的人去哪裡了？現在回來做什麼？」

二伯母也附和著說：「是啊，媽媽，妳去妳女兒那邊住也好啦！我們被一個病了十幾年的公公已經拖得很累了，妳再回來，我們也沒辦法負責。」

「我們被一個病了十幾年的公公已經拖得很累了。」這是哪一個空間的人說的話呢？我怎麼沒有看過阿公什麼時候累到她們了？周邊也有人在竊竊私語，說她們並沒有照顧阿公，怎麼也會累！不出錢也

不出力，還這樣講！這像什麼話？

大伯母和二伯母好像事先說好了似的，你一句我一句的說著同一個理念的話，不知是做法事的樂器聲音大，使她們不得不放大聲音說話，還是她們的氣焰高，那種盛氣凌人的嘴臉，很像地獄圖裡面跑出來的魔鬼或夜叉！

「我……」阿嬤有氣無力的說：「我回來給老伴燒香。」

「燒香？」大伯母用很不屑的口氣說：「不用了啦！在生不照顧，死了還燒什麼香？妳回去休息吧。」

「可是，」阿嬤慢條斯理的說：「我的家在這裡呀！」

「什麼妳的家？妳已經拋棄我公公，這裡就不是妳的家啦！」大伯母橫眉豎目的說話。

「這是什麼話？哪有人這樣？」我和美秀姑姑聽得火冒三丈，可是一時也接不上話。

「妳回去妳女兒那邊呀！」大伯母說：「妳嫁過來我們家這些年，也不知道弄多少錢給妳女兒了，夠了啦！可以去那邊過妳的晚年，享妳的清福了！」

「我……」阿嬤氣得全身發抖，話都說不出來了。

「請你們說話客氣一點。」美秀姑姑漲紅著臉，說：「我從來沒拿我母親一毛錢，我不需要。她在妳們家做牛做馬一輩子，這是大家有目共睹的事實，妳們知道自己在說什麼嗎？」

有人回應她，大伯母就用更大的聲音，抓著阿嬤已經拋棄這個家，拋棄阿公這個主題發揮，用要置人於死地的氣勢，指責阿嬤，當

下就要阿嬤離開這個家。二伯母沒有說那麼多話，可是一直點頭附和大伯母。

美秀姑姑是一位小學的主任，姑丈是校長，他們在學校可以在台上滔滔不絕的訓勉學生，但在這種場合，顯然是「秀才遇到兵，有理說不清」，他們沒有積極的辯駁，只是睜大眼睛看著兩位伯母，嘆嘆氣、搖搖頭。

兩位伯父一起過來，該幫母親說幾句話吧？卻是剛打開嘴巴，就在他們老婆的大聲叱喝下，把話吞進去了，根本不敢主持公道，只能唯唯諾諾的說些息事寧人的話，還勸阿嬤先回去再說呢！

阿嬤悲傷的望著這兩個一直讓她感到榮耀的兒子，說：「我的家不是在這裡嗎？你們叫我回去哪裡？」

「啊啊啊！」爸爸過來牽著阿嬤的手，指著家裡，指著自己，不停的啊啊啊！我趕快出面代言：「我爸的意思是說，這裡就是阿嬤的家。」

「嗯嗯嗯！」爸爸指著我，一直點著頭，對大家豎起大拇指，表示他肯定我說的話。

「呼！」大伯母跳腳了，她重重的推了一下我爸爸，也顧不了旁邊有人圍觀，用尖酸刻薄的口氣對他說：「你這個笨啞巴，我們好不容易卸掉一個負擔，你又要撿回一個擔子嗎？阿爸是我們每人一個月花七千元請外勞來照顧的，你忘記了嗎？一個月七千多耶！」

爸爸不理她，和姑姑、姑丈一起拉著阿嬤往屋子裡走了進去。

叔公聞聲走過來的時候，這場風波已經平息得差不多了，大伯母和二伯母也已回到拜拜的行列裡去了。

「發生什麼事情？」叔公問在那裡的人。

「沒有啦！」二伯說：「一點點誤會，已經沒事了。」

叔公就沒再說什麼，頭搖了幾下，走到別處跟人家說話去了。

那夜，十一點多法事才做完。大伯二伯兩家人，除了大伯留下來，其他的人都連夜開車趕回大都市。離阿公出殯的日子還有十幾天。

美秀姑姑和姑丈陪阿嬤到很晚才回去。

因為要處理阿公的喪事，大伯住在家裡的日子多了。每天晚上，都有親人和鄰人來家裡坐，其中有一個是大伯母的哥哥，是一個不學無術的閒人，住在這個村子裡。他每次一來就跟大伯談阿公的財產：

「你們家有好幾十甲的地呢！」他口沫橫飛的說：「你爸爸有好多財產不知去向……」大多數的人都會提到阿公的荒唐事，說那些財產都被他花光了，但他們畢竟是外人，雖然知道阿公是個浪蕩子敗掉家產，卻也無法肯定真正花掉多少。

「那幾十甲多的地和你爸爸的退休金，是一筆不小的數目喔！」大伯母的哥哥津津樂道的說：「你爸爸生前的那個職位油水很多，他又是個敢拿的人，污了很多。」

在場的人就七嘴八舌的附和些可能、也許、大概、差不多的揣測性的話。阿嬤若是在場，總是默默的，不予置評，一開始，大伯並沒有什麼行動，幾天之後，大伯的心逐漸的有點動搖了，我看他閃爍的眼神就知道了。阿嬤說過：大伯是個忠厚人，心裡有事都會寫在臉

上。

頭七的時候，照習俗也要做法事，兩位伯父及他們的家人又都回來了。阿公的靈前有很多跟著拜拜的子孫，披麻戴孝的人在一向冷清的宅子裡走來走去，好像阿公平時就有很多人關心的樣子，若真是那樣，阿公在世時一定會幸福一點，這使我感到很心酸。

兩位伯母的言談間，也總是離不開對遺產的揣測，彷彿那是一個很美麗的夢想，她們刻意在阿嬤面前談這些話，阿嬤不管有沒有聽到，都不做回應。

阿公出殯的日子到了，把阿公的骨灰送進納骨塔裡，回到家已經黃昏時刻，還沒吃晚餐，兩位伯父都急著要算辦喪事開銷的帳，帳算好了，伯父兩家人拍拍屁股，就要走了。臨走前，大伯母走過來對阿嬤說：「媽，爸爸已經過世了，根據一般民間的習俗，父親過世，他的財產總是要處理一下。爸到底有多少遺產，妳要列一個明細出來，給大家明白。」阿嬤苦笑著看了一眼大伯母，沒有說話。

二伯母在一旁補充說明：「有人說爸有好幾十甲地，好幾世的子孫就算不工作也花不完。媽，妳要趕快把這個處理一下喔。」

「如果真的交代不出來，那表示妳有問題。」大伯母說：「妳不會想一個人獨吞吧？」

二伯走過來對阿嬤說：「媽，妳就說明一下，讓她們明白，就算妳用去了也沒關係呀！」

「……」阿嬤看著二伯，苦笑著也沒說什麼。

二伯輕輕的拍拍阿嬤的肩膀，兩家人開著三部車子，駛出庭院。

望著幾輛名牌轎車揚長而去，正在掃地的爸爸放下掃把，走到

擺在屋簷下的那張大茶桌旁邊坐下，隔壁的叔公和幾位親友在那裡泡茶。叔公幫爸爸倒了一杯茶，說：「你父親和我兩個兄弟，從小就很不一樣，個性不一樣、興趣不一樣、人生觀不一樣，所以後代子孫也很不一樣……。」

爸爸默默的喝茶，默默的點頭。

「你看你那兩個哥哥，名氣那麼大，親情那麼淡，眼睛裡只有錢，他們家的那些孩子，也不知道怎麼教的，一點禮貌都沒有，見到人也不會打招呼，真是的，目無尊長，跟人家出什麼社會！」

叔公及幾位親族、鄰居的話題，從我阿公的不良行為談起，談到他對家庭、對孩子的疏於關心與教導，一直談到整個社會親情的淡薄，倫理道德的淪喪，在座的人好像都有同感，他們談著罵著，也不

知道在罵誰。

「阿嬤，妳還是把阿公的事說清楚吧！」夜深人靜了，我對阿嬤說：「妳沒有交代，他們不會放過妳的啦！」

「早就什麼都沒有了，要交代什麼？」阿嬤說：「這兩個孩子，小時候跟我那麼好，長大後怎麼這樣不信任我呢？」

「他們小時候需要母愛，妳給他們母愛，他們就跟妳好。」我說：「現在，他們希望妳給他們金錢，妳無法給，他們就認為妳不好。」

「我真是被妳阿公害慘了。」

「妳還誓死保衛他的名節。」

「我也不完全只為阿公，也是為了我們這個家的名譽。」阿嬤

說：「我也很想保有一點點面子。」

「說得也是！」我說：「有一個吃喝嫖賭樣樣來的阿公，我也覺得很丟臉。」

「他上酒家、去茶室，說是交際應酬，那也就算了，還在外面包養女人，一個、兩個……，我也搞不清楚幾個，錢像流水那樣，從這個家流出去，有出沒進，沒多久就開始賣田賣地。很離譜啦！」阿嬤心有餘悸的說：「阿公以為自己這樣很風光，我都覺得很丟臉，為了保留一點顏面，這些事我都嘛不敢說出去。」

「妳對家人實話實說，他們為了面子也一定不會說出去呀！」

「兒女不會說出去，可是，媳婦可能會對她娘家的人說。」阿嬤說：「妳大伯母的娘家就在這個村子裡。妳大伯母的哥哥，以前常來

我們家借錢，借了就不還；後來妳阿公把財產花光人也病倒了，沒有錢借他，他就不高興，一直在挑撥離間。」

料理完阿公的喪事，爸爸就不讓阿嬤再去美秀姑姑家療養了，他說他從小是阿嬤帶大的，現在要由他來照顧阿嬤。爸爸計畫把阿雲留下來幫忙，阿嬤卻說：「阿公是中風躺在床上，我又生病了，才要請外勞，我還可以走動，可以自己吃飯睡覺，請外勞做什麼？多花錢的。」

爸爸也不是每個月都有收入，不是葡萄收成的季節，沒有葡萄等水果賣，家裡便沒有收入，若是颱風大水侵襲，就要賠很多錢，整理也要花錢，我爸爸的手頭並不寬裕，所以，經過再三的考慮，我們就不請外勞了。

6
就像一陣風吹過

阿嬤是可以自己走路，但是，筋骨不好，不能像以前那樣靈活，那樣走很遠的路了。不能自由自在的在家裡與田裡之間走動，拔拔草、種種菜，載自己種的菜到小鎮上賣，這對阿嬤來講是很大的挫折。爸爸媽媽和我討論如何讓阿嬤活動方便一點，阿坤建議買一輛電動代步車，那可是有錢人的玩意兒，我們家的經濟，不可能吧？阿坤說在某個條件下好像可以申請補助，他要請他爸爸幫我們問問看。

過兩天，阿坤還沒把補助的事問好，美秀姑姑和姑丈來，阿嬤跟他們說我們要買代步車的事，美秀姑丈就說：「不必申請補助啦！我來買。」也就是說四萬元的車錢，姑丈要出。我好高興！這樣一來，我們家就不用出錢，阿嬤也有車可用。可是，爸爸堅持不肯讓姑丈出

錢，他說那是他先說要買的，必須由他負責。

四萬元對我爸來講，其實是一筆不小的數目，對姑姑及姑丈來說，只是九牛一毛，但我爸爸就是堅持到底。他們在那邊爭來爭去，爭論不休，我就幫他們想一個辦法：一個人出一半的錢。最後，一家出兩萬，阿嬤有了一輛代步車。代步車讓阿嬤恢復了生機，上田、上街、拔草、種菜，有時候還會到葡萄園幫幫忙。

過完新曆年，過完農曆年，到了風光明媚的春天。

在這樣美好的日子裡，有一個星期日的早上，美秀姑姑來載阿嬤去醫院做腳的復健。下午，大伯開車，載著大伯母、二伯及二伯母，回到鄉下。大伯一行四人跟之前一樣，都穿戴很整齊、漂亮，尤其大伯母，一身暗紅色的，質料好像很好，價錢應該也不便宜的套裝，樣式很別致，很高貴好看；黑色的皮鞋，好像是曾經在電視上廣告過的那種；短髮梳得很整齊有型，應該有染頭髮，淺咖啡色的；耳環、項鍊都很漂亮，一身珠光寶氣，臉上的妝也化得有一點濃。大伯母的身材中等，但臉肉肉的，這大概叫做很福態，很像電視裡面的，大公司的老闆娘或董事長，走過我身邊的時候，我還聞到一股淡淡的香味。

二伯母沒有像大伯母那樣盛裝，但，打扮得也很講究，就像電視裡要去大公司上班的女士那樣。大伯和二伯都是西裝革履，頭髮油亮亮的。

「妳大伯母和二伯母真好命，吃好、穿好，什麼事都不用做。」從小，我就常聽媽媽用羨慕得要命的口氣，訴說著她聽來的資訊：「大伯和二伯年紀輕輕的，就什麼事都不用做，就那麼享受，一樣是

兄弟，妳爸爸怎麼那麼勞碌命！」

「勞碌命有什麼不好？爸爸不是每天都過得很充實嗎？」我都這樣安慰她：「我也沒有不好，媽媽要知足！」

「我有知足呀，我沒有知足的話，怎麼會每天一直工作一直工作？」媽媽一臉無辜的說：「就是外勞工作也有工錢有假日，我什麼都沒有，像機器，一直轉一直轉！」

「好啦，妳就再轉幾年，等我長大，就賺錢給妳，讓妳不要一直轉一直轉，好不好？」

聽我這樣說，媽媽就會笑得很開心，緊緊抱著我，對前途充滿希望。

咦？平時很少回鄉下的這兩家人，怎麼今天回來了？他們回來做什麼？

大伯母和二伯母手上都提著東西。一進門，二伯母就很親切的喊我：「陳詠真啊！妳來看，二伯母給妳帶故事書回來喔！」

我走到二伯母身邊，接過一袋用百貨公司塑膠袋裝著的書，哇！不少本咧！有十來本喔，好像不是新買的書，但也不會太舊就是了。

「這些書是妳堂姊她們讀小學時看的故事書。」二伯母說：「不是新買的，但是，書不是舊的就不好。這些書都是很好的書，送給妳。」

「謝謝！」我很高興的接過那些書。

「這包零食給妳吃。」大伯母對我說：「伯母聽說妳很乖很懂

事，伯母最喜歡這樣的小孩了。」

「謝謝！」我一手提著書，一手接過大伯母的一袋零食。我很想趕快看看那包零食包括哪些東西，是不是我喜歡吃的。但我接過那袋零食，正在親情的溫馨裡快要陶醉了的同時，我突然想到——今天的他們和以往很不一樣。

「不知道他們回來是不是有其他的目的？」我眉頭皺了起來。

大伯母還帶了素肉鬆和海苔醬要給阿嬤，乾香菇和海苔給媽媽。二伯母除了書，還帶回來一盒看起來很好吃的餅乾。

穿著工作服的爸爸媽媽，和伯父母坐在客廳聊了起來。聊沒幾句，我就聽到媽媽有點驚訝，有點結巴的說：「要告……告媽……媽喔？」給驚醒。我把注意力轉向那幾位大人，看到爸爸和他的兄嫂

們，正在交頭接耳，低聲的討論事情，二伯沒有參與討論，他坐在二伯母身旁，仰著頭，不知道在想什麼。

「爸爸以前是這地方的大財主，村子裡有人提醒我，我們家的財產應該還有很多。」大伯母轉動著貪婪的雙眼，用十分篤定的口氣，對我爸爸說：「你們想一想，我們龐大的家產哪裡去了？我們要媽媽交代我們家的財產，媽媽都沒有交代，想全部佔去嗎？這樣不合理，我要向她爭一個道理。就算告她『侵佔家產』和『棄養老公』，我們的祖先一定也會支持我們。」

「人不為己，天誅地滅，媽媽當年若不是為了慢慢併吞這個家產，怎麼可能把自己的女兒送給別人，嫁給爸爸當填房，帶你們四個小孩？」二伯母冷靜的推理：「再笨的人也不肯這樣做呀！有可能是

她們娘家一家人的計畫，為了要霸佔我們的家產。現在計畫得逞了。但是，我們可以循法律的途徑，追回我們該得的，我們才是陳家的繼承人，我們家的財產，不能讓別人奪去，是不是？」

「啊啊！啊！」爸爸被他們四個人包圍著，仔細的聽完大伯母和二伯母咄咄逼人的分析後，漲紅著臉，又是搖手又是搖頭，顯得十分傷心焦急。千言萬語就是說不出來，用手語他們又看不懂。我心疼的走到爸爸背後，遞給他一枝筆和一張紙，跟他說：「爸爸不要著急，你可以用寫的呀。」

爸爸果然接過我的紙筆，在紙上寫了三個大大的字「不可以」。

「媽——媽——有——有——給你們養咧，爸——很——很——很壞，村——子裡的人都——都嘛——知道。」媽媽也在一邊說話：

「爸——很有錢，都——都花光了呀！妳——妳——們這樣說——不——不對啊！」

「你們都誤會了，」大伯和氣的安撫著爸爸和媽媽：「你大嫂的意思不是說媽媽沒有養我們，也不是叫我們不要孝順媽媽，我們是主張要追回陳家的財產，就這樣而已。」

「啊啊啊！」爸爸還是不停的搖頭，在紙上寫了幾個字「媽媽沒有財產」。

媽媽皺著眉頭，氣呼呼的走向廚房去了。

「小叔，你真固執咧！」大伯母說：「若是追回我們的財產，你們也不必這樣辛苦的工作！爸爸哪會花那麼多？花掉好幾十甲的地噢？」

「我們聯名告媽媽只是一道手續，因為她無法交代這個，不妨礙你們的關係啦！」二伯母補充著說：「要回來跟你們討論之前，我們已經研究過好幾次了，確定這樣做可以，而且我們穩贏的，你跟我們簽字聯名就可以了，其他的法律途徑我們去進行就好，到時候要分財產或錢，也少不了你的一份。你不要這麼傻！」

「啊啊啊！」爸爸還是一直搖手、一直搖頭。

我想跟他們說：「你們怎麼都只有想到錢？阿公如何荒唐，阿嬤的委屈在哪裡，你們怎麼都沒關心過呢？」可是我想我暫時不要管，靜觀其變再說。

他們繼續遊說爸爸。

「啊！」爸爸氣憤的叫著：「啊啊啊啊！」然後拿起擱在椅子上

的帽子，大步的走出屋子，跳上他的農用小貨車，快速的加快油門衝出院子。我爸爸雖然是啞巴，你惹火了他，個性也是很猛的。

兩對兄嫂站起來，一臉不解的目送他離去。

「他怎麼那麼生氣？」二伯母對二伯父說：「啞巴就是啞巴，智力總是比較差。」

「算了啦，回家吧，」二伯父對其他人說：「我還有很多事要做。」

「我們可以自己進行嗎？」大伯母問二伯父：「法律方面的事你比較清楚，再來要怎麼做，你可要想好，不要心軟。」

「再說啦！」二伯父說著就要往外走。

「再去跟那個白癡說說看。」大伯母說：「小叔被媽媽洗腦

了。」

「既然是白癡，妳跟她說又有什麼用？」二伯說：「回家吧。」

他們匆匆離去，沒有去跟我媽道別，我一臉不解的目送四位長輩。

等他們走了，媽媽才從廚房走出來，氣得臉都紅紅的。

「媽，妳不要生氣啦！」我關心一下媽媽。

「怎麼……怎麼可以這樣？都沒……沒拿錢回來，還敢想要回來拿錢！」媽媽生氣的對我說：「要告阿嬤做什麼？花錢的人……是阿公耶！神經病！」

我覺得媽媽的這個想法挺正的，誰說她是白癡！

「好在，阿嬤去姑姑家，要不然……她會氣死。」媽媽說著，也

拿起她的草帽，騎著腳踏車，要去田裡工作了。

媽媽騎上腳踏車，又下來了。她轉身對我說：「阿嬤回來，不要跟她說這個喔，什麼都不要說。」

「好啦！」我拍拍媽媽的肩膀，微笑著對她說：「剛剛只是一陣風吹過。」

媽媽笑著點點頭。

要打開大伯母給我的那包零食的時候，我眼前浮現大伯母的那句「再跟那個白痴說說看。」我覺得沒興趣看那包東西了，我把它扔到大廳的角落裡，把二伯母的書也一本一本的扔掉，所有的不禮之物通通扔掉，坐在沙發上越想越氣，心一酸就跑到房間，躲進被窩裡哭。哭了一會兒，我想到了，我要讓那些討厭的禮物在人間蒸發，於是我

擦擦眼淚，把吃的拿去給阿坤家安養院的阿公阿嬤，把書帶去放我們班圖書櫃。

傍晚，就是大伯他們一行人離開約兩個小時，我把「風吹來的東西」都處理好之後，美秀姑姑載阿嬤回來。那陣風已經離我們很遠了。

7 五一茶亭

因為不知道伯父他們會怎樣進行他們的「法律途徑」，這一陣子，我上課時常會分心，腦海裡總是出現「侵佔財產」和「棄養」這些字眼，還有阿嬤那一張慈愛有餘，聰明不足的土裡土氣的臉龐。我想：如果阿嬤有機會接觸到阿公的財產，她有能力去「侵佔」嗎？何況阿公根本不讓阿嬤干涉他的錢，他認為那是他的權力，他牢牢的掌握著，盡情揮霍，終於一一敗光它。

村子裡的人都說，阿公晚年所受的病苦折磨，是他往日荒誕不經的行為，以及對阿嬤無情無義的報應。問題是，負責照護阿公的阿嬤，那種日夜照料的辛苦，並不比阿公輕鬆，那又是怎麼樣的報應？我真是想不通、搞不懂！大人世界裡的事，如此紛紛擾擾，我的頭一個兩個大了！

為什麼二位伯父他們，對「遺產」這個東西，會懷著那麼大的夢想呢？

「當然，他們無法將阿嬤起訴。」我對自己說：「有我陳詠真在，阿嬤的冤屈不會石沉大海。」

「不過，我需要一個人商量——我要怎麼幫助阿嬤呢？」我暗自思量：「這種事不能找阿坤，他是生長在順境裡的人，不會懂這種事，也不想讓他知道。」

腦筋一轉，就想到一個人了——我的級任紀香君老師，也就是我朗讀及演講的指導老師。

紀老師是一個四十幾歲的單身女郎，長得高高壯壯的，說起話來聲音很宏亮，走起路來抬頭挺胸，像在踢正步。紀老師個性活潑開朗，除了訓練小朋友演講很有一套，也很愛行俠仗義，教學很認真，和全校的師生都很好，班上八位同學跟她更是麻吉；學校的小朋友發生什麼問題，只要去向紀老師求助，她都會義不容辭的幫忙到底。

對，我去找紀老師。

好不容易熬到放學時間，我趕忙去找紀老師。紀老師正在辦公室前面的洗手檯洗手。

「老師，我有件事情要請妳幫忙，妳什麼時候有空？我跟妳談一下？」

「嗯，」紀老師一邊擦手一邊想了想說：「明天是星期三，我們一起喝下午茶，好不好？」

「好，那就這樣了！謝謝老師。」我高高興興的回家了。

紀老師的「下午茶」是老師和同學們的最愛。我們五年甲班的教室景觀很美，地板永遠拖得一塵不染，靠窗的兩排書櫃和幾盆盆栽，以及掛在教室後面的美勞作品，把教室點綴得很高雅，八張課桌椅，隨著上課的方便，經常排成不同的形狀，喝茶的時間，課桌椅就變成一張大茶桌。我們教室有很多綽號：「香君茶坊」、「香茗居」、「開心茶屋」、「五一茶亭」……不必上課的時候，紀老師都會在我們班教室工作、泡茶。

星期三中午，大家在餐廳吃飯的時候——我們學校的午餐是擺五張大圓桌在餐廳，全校師生一起吃營養午餐。我找了個機會，對紀老師說：「老師，我的問題不想讓人家聽見耶！如果很多人去泡茶怎麼辦？」

「不會很多人吧？吃飽飯大部分的人都回家了。」紀老師說：「有人在的話，我們在我桌子那邊談，他們在大茶桌那邊喝茶，也是聽不到的啊，好嗎？」

「好。」我覺得自己開始緊張，開始覺得這個問題不像其他同學的——懷疑媽媽不愛他啦！爸爸不讓他養狗啦！爸媽愛吵架啦！等等，可以拉開嗓門跟老師講。我有點遲疑，真的要跟老師講阿公的事嗎？那老師不就知道我有一個愛賭博、愛喝酒、愛上酒家又愛……愛……，唉唷！怎麼講？愛亂搞男女關係的阿公了？這樣的家人真的讓我感到好丟臉。我終於明白，為什麼阿嬤那麼刻意的要為阿公，為我們家保留一個顏面了。

吃過午餐，同學們都回家了，我有跟阿嬤說要晚一點回家。我走

回教室，茶桌那邊已經有兩位老師在泡茶了。我的心怦怦跳著，我很擔心那兩位老師會遲遲的不肯離去，我真的只想讓紀老師聽這個問題就好。

「陳詠真，妳還不回家啊？」有一位老師這樣問我：「妳要趕快回家，趕快回家幫忙妳的爸爸媽媽。」

「我……我有一個問題想請教我們老師，所以留下來。」我回答。

「噢！」那位老師說：「紀老師快要成為心理諮商專家了。」

「社工人員啦！」另一位老師說：「心理諮商專家問問題要錢的！」

紀老師抬頭挺胸，踩著大大的步伐走進教室。

「詠真，妳等一下。」紀老師說著，過去跟兩位老師喝喝茶，說一會兒話，兩位老師就走了。有幾位小朋友要進來，紀老師跟他們說：「今天下午五一茶亭休息，你們改天再來，好不好？」

同學揮揮手轉身走了。老師衝著我笑一笑。

接著，紀老師把教室走廊那邊的門和窗戶都關上、鎖上。然後她示意我過來茶桌旁坐。紀老師真的是一位很有智慧的老師，看我的動作表情，好像已經猜測出來我要談的問題並不尋常。

「現在，這裡只剩下我們兩個人了。」紀老師笑咪咪的說：「妳有什麼事可以開始說了。」

「咳！」我嘆了口氣，有點靦腆的傻笑，這件事真的好難開口。

「說啦！妳不是一向都很瀟灑的嗎？怎麼扭扭捏捏了？」

值日生

「嗯，」我提了提勇氣，說：「老師，這是我們家的——家醜，很尷尬。但是，我很想請妳幫我想辦法。我說給妳聽，妳不要告訴別人喔。」

「保證不會。」紀老師說：「不過，妳如果信不過老師的話，就不要說。」

「我當然信得過老師，只是覺得丟臉，說不出口。」

「不會啦！什麼丟臉的事我沒聽過！」紀老師說：「快說。」

我就把阿嬤的故事，從頭到尾說了一遍。阿公的事我只說了賭錢、喝酒、上酒家；至於亂搞男女關係，養女人的部分，我想支持阿嬤（家醜不可外揚）的想法，不說了。

「噢！」紀老師聽完我的敘述，瀟灑的臉變得很嚴肅，她說：

「妳阿嬤若是知道那兩個兒子要告她，一定很難過！」

「就是啊！所以不能讓阿嬤知道兒子要告她。」我說：「但我不知道要怎麼做。」

「唉！」紀老師苦笑著說：「不要擔心，我們來研究研究。」

我說：「我阿嬤都七十四歲了。」

紀老師說：「一定不能真的讓法院傳她去問話。」

「可是，他們若是提告了，法院不就會傳訊嗎？」

「是呀！不去的話，可能會再傳一次，再不去就要強制拘提了。」

「強制拘提就是叫警察來抓，是嗎？」

「對，叫警察來抓。」

「那我阿嬤一定寧願去死，活這麼一大把年紀，還要被警察抓！」我焦急得都快要哭出來了：「那我們要怎麼辦？」

「我看，這個案子也不會起訴啦，法律講求證據，他們有什麼證據，可以證明妳阿嬤侵占財產？至於棄養更是荒唐。」

「我阿嬤是很忠心耿耿的人，我阿公對她很不好，阿公中風她還是不離不棄、專心一意的照顧他十年。」我說：「阿嬤根本就是一個對錢不大有興趣的人，她也不會花錢。」

紀老師說：「妳阿公愛上酒家的話，花錢也很恐怖呢！我們家族裡有一個阿伯，不賭錢，就是愛亂搞男女關係耶！花掉一個很大的家產，還留下很多債務讓他的兒女還。」

「妳阿伯也……也……也會亂搞男女關係噢？」我好像祕密快被

人揭穿那樣，囁嚅的說：「我阿嬤一直那麼辛苦持家，阿公外面的女人卻在享受。」

「妳阿公這樣胡搞亂搞，金山銀山也留不住。」

「啊！」我嚇壞了，我說溜嘴了。怎麼辦？

「嘿嘿！還有祕密沒說喔！」紀老師笑著說：「真要幫阿嬤的話，一定要提供所有的真實資料，才能想出有效的辦法。」

「好丟臉！」我坐在椅子上直跳腳：「阿嬤一直在迴避說這個，說要為我們家保留一點面子。」

「妳阿嬤的想法也是正常人的心態。」紀老師說：「我早看出妳並沒有把所有的事情都說出來。」

「老師，對不起。」

「不怪妳。」紀老師說：「要赤裸裸的把一件親人的糗事說出來，需要很大的勇氣。」

「我想不通，我二伯有很好的學問與工作，為什麼會認同老婆，要告撫養自己長大的母親。」

「嗯，他們大概是長期在功名利祿裡爭取與陶醉，而忽略了這世上還有一些重要的事情。」

「我阿嬤因為是後母，才會有這樣的遭遇嗎？」我說。

「其實，也不一定是後母才有這樣的遭遇，被自己親生兒女棄養的反而比較多。」紀老師說：「不過，妳的兩位伯母跟阿嬤沒有相處過，有可能也是因為阿嬤是後母，所以想到用告的，一點感情都沒有的作法。」

「叔公家的兒女沒有賺很多錢，但是都很孝順，兄弟姊妹、孫子等都相親相愛的，那種氣氛很好。」我蹙著眉頭說：「是因為阿公跟叔公的行為不一樣吧？」

「父母的行為本來就直接影響小孩。」紀老師說：「妳阿公一生只顧自己吃喝玩樂，不關心家庭、兒女，怎麼可能營造出親情濃厚的家庭呢？」

「可是，我阿嬤很認真啊！她很顧家，卻有這樣的下場。」

「妳阿嬤是顧家，努力沒錯，但是她沒有智慧。」紀老師說：「妳仔細研究妳阿嬤，從她兩位老公的素質，就可以看出來，她不是有腦袋的人。」

「我阿嬤年輕時應該長得不錯，家境也不是特別苦，可是她第一

次嫁的丈夫，是一位癆病患者，很多人都知道，她卻說不知道。」我說：「第二次嫁我阿公，我阿公是個浪蕩子，聽說我親阿嬤就是被阿公氣死的，這樣的人又有四個兒子她也敢嫁。」

「她教育妳二伯的方法也很不對。因為他書讀得好，就讓他把書讀好就好，其他什麼都不用做。」紀老師說：「所以，妳二伯在他的領域裡很有成就，但是，除了那個成就，其他方面他做了什麼呢？連做人都不會呢！」

「我爸媽應該算還好，他們是很忙，但住在一起，也有互相照顧。」

「如果妳阿嬤真的做得正，叔公家的長輩應該能幫妳阿嬤作證。」老師一邊想一邊說：「一個家庭發生糾紛，通常都是找一些長

輩來和解。妳叔公對妳阿公一家人的情形應該很了解。」

「我叔公是很正經的人，他一輩子都沒有不良嗜好，他很不屑我阿公的行為。」我說：「叔公他們應該會幫阿嬤說話，但是，阿嬤不想讓人家知道全部，老公這麼爛，她也會覺得很沒面子。」

「找一個時間，我們去找叔公嬸婆，以及村子裡老一輩的人聊聊，不要提誰要告阿嬤的事，就隨便聊聊，聊阿嬤。」紀老師說：「聊到重點了，我們再拜託他們讓我們錄個音。我們收集好資料，這些資料可以給妳伯父他們參考，讓他們了解多一點，再勸他們撤銷告訴。我們的動作要快一點，趕在一星期內做好這些事。」

「這些事要不要告訴美秀姑姑？」

「不要吧？」紀老師說：「不要讓她知道，我們先來處理看

看。」

「噢，好。」我說：「謝謝老師！」

8 大家來作證

「香君啊！」我正想要跟紀老師說再見，聽到有人在教室外面呼喚老師的名字。

「喔！房東太太。」紀老師走過去開門，招呼她：「進來喝茶！」

來的人是老師的房東，一位個子矮小、佝僂著背，但動作伶俐、面貌慈祥的老婦人。她一進來就自動的坐在茶桌邊，端起紀老師為她倒好的茶喝。

「妳來學校做什麼？」紀老師問她。

「我去學校對面的菜園拔菜。」房東太太笑著說：「看到妳的腳踏車還在車棚裡，過來看看妳在做什麼？怎麼還不回家？」

「這樣噢！謝謝妳的關心。」紀老師說：「我在跟陳詠真說

話。」

「陳詠真……？」房東太太這才發現，站在一旁的小朋友是我。她緊張兮兮的站了起來，睜大充滿驚訝的雙眼，衝著我大聲的嚷著：「陳詠真！妳怎麼還在這裡？放學了，妳還不趕快回家？妳要趕快回家，趕快回家幫忙妳的爸爸媽媽！」

「我跟老師說一些事情，就要回去了。」我說。

「看到陳詠真我就會想到她阿嬤。陳詠真的阿嬤竟然敢做四個孩子的後母呢！真是傻傻的。她嫁過來時，全村子的人都替她捏把冷汗。」房東太太像在說一個精彩的故事那樣，津津樂道：「陳詠真的阿嬤很疼愛那四個孩子，就算人家親生的也沒那麼疼。每天清晨，全村子就她們家廚房的燈最先亮起來，阿足起來幫孩子們煮早餐，做便當。那陳添丁本來就是個花花公子，只顧自己吃喝玩樂，都沒在顧家，對阿足很不好。」

阿足是阿嬤的名字。

「我知道阿足阿嬤很辛苦！」紀老師說。

「我活到這把年紀，也沒看過那麼歹命的人。」房東太太說：「阿足每天在田裡、家裡、孩子之間忙，除了管不到錢之外，其他大大小小的事都是她在做。」

「妳對他們家的事很了解嗎？」紀老師問。

「怎麼說了解不了解？他們家出一個那樣的阿公，大家就都愛說。」房東太太說：「聽說陳詠真的親阿嬤就是被她阿公氣死的！」

「……」紀老師和我都很用心的聽房東太太說話。

「天啊！阿足為那個冤家捏屎捏尿十年，十年喔！真是沒天理，添丁在歪哥、吃錢的年代，也沒有給阿足享受到什麼。」房東太太越說越憤慨：「等財產花完了，人中風了，才回來給阿足照顧，外面的那些女人呢？沒有一個來探頭一下。大都市的兩個兒子也很少回來看他。」

「阿足善良啦！自己承擔。」紀老師說：「不忍心讓兒子忙。」

「唉！可憐啦！」房東太太歎著氣說：「添丁生病雖然痛苦，但那是他的報應，可憐的是阿足要為他拖磨那麼久！」

「現在好了啦！」紀老師說：「阿足阿嬤可以過幾年好日子了。」

「最好是這樣。但是，那樣子勞碌一輩子的身軀，要報廢也很

快！」

「給她說些好話不是很好？」

「又不是我說說好話她就會好！我是說實話呀！阿足照顧添丁，累病了，一直硬拖著，我就不相信能拖多久。」房東太太真是快人快語：「她那個啞巴兒子還算孝順，娶那個頭腦簡單的老婆也很勤勞。」

「房東太太，我對阿足阿嬤的故事很感興趣，找個時間，妳從頭說給我聽，我來錄音好不好？」

「錄音？錄音做什麼？」

「之前添丁阿公不是過世了嗎？」

「是啊。」

「辦好添丁阿公的喪事，添丁阿公那兩個很有錢、很有名的兒子，向阿足阿嬤提到父親財產的問題，意思是想看看還有沒有得分，阿足阿嬤跟他們講沒有什麼財產可分，他們很懷疑。我想他們是長年在外，對家裡的事不了解，才會有這樣的誤會；如果妳肯把實情講一講，讓我錄音，拿去給阿足那兩個兒子聽，他們一了解事實真相，應該就不會再做這種要求了。」

「這樣？」房東太太說：「可是，古人說『清官難斷家務事』，詳細的內幕我不完全清楚耶！」

「沒關係，說妳知道的就好，給他們參考而已。」

「嗯，也好。」房東太太遲疑了一下，說：「阿足就是太軟弱，添丁才會一直欺負她；如果連兒子也要欺負她，那實在是無天理。」

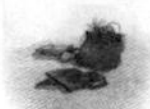

「是啊！」紀老師說：「所以，我們來幫阿足阿嬤一個忙，麻煩您讓我錄音，我會再去找一些人來講，讓那兩個孩子了解。」

「好！」房東太太說：「再聽不懂叫他們回來問我，我也可以找到一些證人來說給他們懂。」

「那，今天晚上，吃過晚飯我們就來錄音。」紀老師說：「妳到我房間去，好不好？」

「好。」房東太太爽快的答應了。

天色快暗下來了。

「我們該回家了。」紀老師對我說：「等我把錄音的工作做好，我們再商量：怎麼樣讓妳的伯父伯母們，肯收聽、參考這些資料。」

「謝謝老師，老師再見！」

春天的夜晚，冷風從葡萄架上吹過來，從葡萄架下吹過來，我感到有點冷，加快速度踩踏板。越過排水溝，我望了一眼那棵枯死的木麻黃樹，想到阿嬤曾經說過，她很像那棵樹，快枯死了，心被蟲子掏空了。

我再加快速度踩踏板。

回到家門口的小路上，遠遠的看到阿嬤站在大門口，往小路這頭眺望，那瘦瘦高高的身影，挺直的站在風中，灰白的短髮在風中亂飛。

阿嬤遠遠的看到我回來，鬆了一口氣，抿著嘴笑了。在我的印象中，阿嬤很少笑，偶爾笑的時候都不露牙齒的。對，就像這樣抿著嘴微微笑。

「陳詠真啊，肚子會不會餓？」阿嬤微笑著問我。

「阿嬤，」我在阿嬤身邊跳下腳踏車，對她說：「進去啦，外面風這麼大。」

我們一起走進院子裡，阿嬤等我停好腳踏車，一起走進客廳，走到廚房吃晚餐。廚房裡，爸爸跟媽媽正在吃飯，默默的吃飯。

「這麼晚回來啊？」媽媽有點嚴肅的對我說：「亂跑。」

「去找老師泡茶。」我一邊說一邊盛飯給阿嬤。

9 初次來到大都市

紀老師才用兩天的時間，就取得五個人的錄音資料。她把三塊錄音帶交給我，並且和我討論，怎麼樣讓大伯和二伯他們肯參考這些資料？最後的決定是由我親自跑一趟大都市，所謂「見面三分情」，當面對他們說明，或許可以打動他們的心，讓他們能夠轉一個念頭，重新思考這件事情。

「但是，妳不曾出過遠門。」紀老師說：「一個小女孩，自己去大都市……」

「我叫鄭明坤陪我去。」我說：「他常常去大都市，他姑姑住在那邊。」

已經成為習慣了吧？我每一遇到困難，第一個想到的人便是鄭明坤。

「那妳去跟鄭明坤談談看，阿坤對那地方熟的話，他陪妳去很適合。」紀老師笑著說。

回家跟爸媽商量，他們也認為我能親自跑一趟大都市，那是最好的了。爸爸帶著我，來到阿坤家，拜託姨婆及阿坤的爸爸、媽媽，可不可以讓阿坤陪我去大都市，找我大伯和二伯說說話？阿坤笑咪咪的說陪我去沒問題，他的家人也答應讓阿坤陪我走這一趟，姨婆還打電話要她住大都市的女兒，晚上要接我們去她家住，好好關照我們。

那個週末一早，我和阿坤帶著水壺、背著簡單的行李，騎著腳踏車去鎮上搭直達大都市的巴士。我就要前往夢裡的大都市了，如果這是一次純粹的旅遊，那該多好哪！

跟阿嬤是這樣說的：「和阿坤去紀老師她們家玩。」

阿嬤一向很疼紀老師，知道紀老師是出外人，每逢過節拜拜的日子，阿嬤都會叫我邀請紀老師到家裡來吃飯。如今，聽到孫女兒要到紀老師家玩，她一點也不懷疑，很高興我有這個機會出外開開眼界。

這一天，天氣很暖和，我和阿坤從四周都是葡萄園的鄉下，來到四周都是高樓大廈的都市裡，這個少有鳥語與花香，到處都有車輛人群來往的地方，讓我感到有點興奮有點緊張，阿坤則一副老馬識途的模樣，從下車後，他就一路領先的走在前面。我們在這大都市的懷抱裡走走逛逛、左看右瞧，都忘記走多久了。

「快到了沒？」我問：「我們走很久了耶！」

「怎麼可能這樣走就會到？」阿坤說：「還很遠，我們要搭計程車才能到。」

「要搭計程車呀！那你剛剛怎麼不說？要走這麼遠再搭計程車？」

「剛剛坐了三個多小時的巴士，下車走一走有什麼不好？」阿坤說：「走一走、逛一逛，讓妳『接觸』一下這個大都市呀！」

「噢！我們是來辦事情的，不是來觀光的好不好？」

「好好好！」阿坤說：「我們搭計程車，地址呢？」

把地址拿給計程車司機，過了大約二十分鐘之後，車子停在三十七巷的巷子口，司機說：「下車下車，這條巷子不長，走進去就到了。」因為是吃午餐的時間了，肚子餓得咕嚕大叫，我們便在三十七巷巷口的小麵攤各吃一碗麵。我趁機調整了一下心情，複習了一遍事先預備好的說辭，同時把服裝儀容整理一下。

BUS
TAXI

我沒到過大伯家，一直在我腦海裡的，有八、九十個套房，三間很大的店面在租人家，一個月有一兩百萬收入，回鄉下總是開名牌車，穿著氣派的大伯開的工廠，規模一定很大；大伯母的超級市場一定位於大馬路邊，場地大、裝潢設備氣派豪華；一定像電視上播出的那樣：有一群穿著漂亮制服的店員，站在門口跟客人說：「歡迎光臨！」「謝謝光臨！」在那種場面裡，大伯母必然不會喜歡來了一個衣衫不整齊的親戚。阿坤家是有錢人，他的衣服很多，隨便穿一件都很高尚很好看，俗語說的：「佛要金裝，人要衣裝。」果然不錯，人小又長得不怎麼樣的阿坤，穿著一講究，也顯得帥氣三分，我雖然是普通打扮，穿的可也是為了這次出遠門，刻意去買的新衣裳喔！

吃完麵已經一點多了。我們按照住址，尋找傳說中的那家——錢

都爭著要跑進去的，大伯母開的豪華超市。

「這種小巷子裡，會有妳說的那種大超商嗎？」阿坤皺著眉頭說。

「地址就是這裡啊！」我說：「別急，你馬上就會知道了。」

我對照著手上的住址與小巷子裡的門牌號碼，一邊想著：「大伯母一定正舒舒服服的坐在她的大辦公室裡面，一定要店員進去向她通報，我才能面見大伯母。我想大伯母一定穿著名貴的服裝，梳妝打扮得很漂亮，手上戴著金戒指、脖子上是一串一公斤重的金項鍊，還有亮閃閃的耳環……」大伯母回鄉下都打扮得十分華麗，不是嗎？

但是，這條巷子……真的很不怎麼樣？我心裡也出現了問號。

「這裡！」我看到地址上的三十八號了。

怎麼會是一間格局小小的，貨物堆得滿滿的，滿到走廊都有的，像是村子裡的那種雜貨店？只是規模大了很多。仔細一看，橫掛在門上方的、破舊得字都褪色了的招牌，寫的果然是「財源滾滾超級市場」。

「……怎麼是這樣的？」我瞠目結舌的打量著這家，在鄉下被當神蹟傳說著的，為大伯他們家賺進一大堆財富的店？

「怎麼這樣？」我問阿坤：「會是這家嗎？」

「對啊，依住址寫的，就是這一家。」阿坤說：「財源滾滾超級市場。」

我們站在斜對面的一戶人家的門口，觀察著「財源滾滾超級市場」。

糖

那超商店門小小窄窄的，整個店面有三四間一般人家住屋那麼寬，但很淺，從一整片的玻璃門看進去，裡面堆了很多貨物，各式各樣的商品，應有盡有。再換個角度看看，可以看到店裡面的情形。進入店門的一旁，擺著一張很舊的書桌，書桌上一些雜七雜八的東西，包圍著一臺老舊的收銀機。

「他們的店名取得很好。」阿坤說：「每個人看到他們家，心裡都會念著『財源滾滾』，每天都有這麼多人祝福他們，財源滾滾，錢就一直滾進去了。」

「好吧！」我好奇的觀察著大伯母的店。

書桌前，一位穿著一件白色T恤，臉上沒有化妝，頭髮燙得短短的中年婦人，神情有點疲憊的在打收銀機，收錢、找錢，還頻頻的張大嘴巴打哈欠，好像好幾天沒睡飽的模樣。

「看，妳大伯母在那邊。」阿坤說。

「她怎麼可能是我大伯母？我大伯母很氣派的。」我說：「但又有點像，又不大像？大伯母回去都穿很漂亮，還有化妝。這個人……是她請來顧店的吧？」

我們繼續觀察。午後一點多，客人不很多，但也很少間斷過，客人來來去去的。我們在那裡站好一會兒了，也沒有看到店裡有其他店員。

「我們過去問一下好了。」阿坤說：「總不能一直站在這裡偷看。」

「好！」我說：「沒人了，我們趕快進去，」

我和阿坤，一前一後的走進店裡。伯母以為是來買東西的人吧，沒有特別的注意我們，她在整理東西。

10 拜訪大伯母

「大伯母。」我站在書桌邊叫她。

大伯母抬頭看著我，並沒有馬上認出我。

「伯母，我是鄉下來的陳詠真。」

「哦！啞巴的女兒啦！我認出來了。」大伯母笑了。那笑容也挺親切的。

「她竟然真的是大伯母。」我心裡想：「怎麼跟回鄉下的大伯母差那麼多？」

「妳怎麼在這裡？誰帶妳上來的？」大伯母說。

「是阿坤陪我來的，他是姨婆的孫子。」我拉了一下阿坤，回答她：「阿坤時常來這個城市，來他姑姑家玩。」

大伯母面帶笑容的跟我們說話，卻一直沒有招呼我們坐在哪裡，

整間店擠滿了東西，好像也沒什麼地方可以坐。為了怕客人又來了，不能把話講完，為了怕阿坤聽到我要說的內容會被他笑，我便想支開阿坤，我推著他往裡面走，走到擺漫畫書的地方，我小聲的對他說：「有漫畫書呢！你看漫畫，看幾本都免費招待。」

阿坤乖乖的在那邊選漫畫書了。

「大伯母，我會上來是因為聽說你們要告阿嬤。」我來到大伯母身邊，壓低聲音說話。

「喔！」大伯母喔了一聲，收起了笑容，說：「那是因為妳阿嬤一直不肯公開阿公的遺產。」

「阿公並沒有留下什麼遺產，阿嬤跟著他一直在吃苦，若再被兒子告進法院，那樣很可憐！」

「可憐什麼？」大伯母臉色一變，冷冷的說：「把我們家的財產弄給了她的女兒！妳懂不懂？」

「這可能是大伯母誤會阿嬤了。阿嬤沒有那樣做呀。」我很鎮定的說：「阿嬤在那麼惡劣的環境下，辛辛苦苦的把兒子帶大，我想請伯母看在阿嬤帶大孩子的分上，不要做這樣的事，好嗎？」

「是阿嬤叫妳上來這樣說的嗎？」

「不是，阿嬤並不知道我要來這裡。」我說：「是我不想讓阿嬤傷心，自己想到要上來跟伯母溝通一下的。」

「溝通一下溝通兩下都一樣啦！」大伯母神色不屑的說：「我為什麼要跟一個小孩子溝通？」

「我們家就只有我能夠來跟伯母溝通呀！」我說：「伯母也知道

我的父母親都不方便。」

「妳是小孩子，很多大人的事，小孩子沒有辦法了解。」大伯母說：「妳阿嬤是後母妳知道嗎？」

「知道呀！」我笑著說：「我是後母帶大的小孩，我爸爸也是，大伯、二伯和死去的三伯，也都有給後母帶過。村子裡的人都知道，阿嬤經營這個家很辛苦，所以我們如果告阿嬤，很不道德。」

「道德？道德一斤多少錢？」大伯母瞪著我說。

有人來買東西，大伯母沒理他，客人自己進入裡面找自己要的東西。

「我們家那麼多的財產，被她賣到一文不剩，不會太離譜嗎？聽說是好幾十甲的田地呢，阿公再會花也沒花那麼多吧！」大伯母氣憤

的說：「這次妳阿公的喪事辦完，要她分遺產，她竟然說：『也沒有什麼可以分的。』她說沒有就沒有？堂堂村子裡的有錢人，會沒有財產可以分嗎？」

「阿公在的時候，不是有分一次了嗎？」我說：「你們買的房子，我們家的葡萄園就是。那之後，他們就都沒能力賺錢了，阿公就生病了，不是嗎？」

「這當中還有好幾甲地去向不明，這個我查很久了。」大伯母一臉要追究到底的表情，十足精明幹練的模樣：「現金的部分就算了，田地的部分我一定要查。當年我會同意嫁妳大伯，是因為他們是地方上有名望的富翁，有好幾十甲的田地。」

「這幾天我們有去訪問幾位村子裡的長輩，向他們探聽了一下

阿嬤進入這個家以來的事，大家都說阿嬤很好，對這個家的貢獻很大。」我一路面帶微笑，不疾不徐的說：「阿公臨死前只有我在場，他也很感謝阿嬤。」

「妳那個阿公喔，浪蕩了一輩子，他的話能聽嗎？」大伯母一邊幫客人結帳一邊說：「花掉那麼多財產，還躺那麼久，害我一個月花七八千請外勞照顧他。」

「請外勞不過是最近半年期間的事，在這之前，阿嬤照顧了十年。」我看大伯母沒有軟化的趨向，心裡很著急。

「照顧了十年，等阿公病重了自己就開溜了，不是嗎？」

「阿嬤是累倒，她身上累積了很多毛病，美秀姑姑才帶她去治療的，不是不理阿公呀！」

「妳專程來跟伯母說這些喔？」大伯母說：「大人做事怎麼可能因為一個小孩的幾句話而改變主意呢？」

「我也不敢有那樣的想法啊！」我很誠懇的說：「所以，我有請幾位村子裡的長輩，把他們所知道的阿嬤及阿公說一說，為了讓伯母們方便參考，我把他們的話錄了音，留給阿伯、伯母參考。聽完這塊錄音帶，可以進一步了解阿嬤是怎麼樣的一個人，以及事情的真相。」

我把錄音帶遞給大伯母。大伯母並沒有伸手接錄音帶，她揮一揮手，說：「我沒有時間聽什麼錄音帶啦！我一天忙到晚，到現在——快兩點了，我的午餐在哪裡都還不知道呢！編故事誰不會？」

我很艱難的收回伸出去的手。

「可是伯母，這幾位熱心講述，讓我們錄音的長輩，都是一言九鼎，可以信賴的人，妳就聽一聽嘛，參考參考，衡量一下如果真的上法院能有多少勝算，不是嗎？」

我把錄音帶放在大伯母面前，大伯母看了一眼，把它收到抽屜裡面，抬眼微笑著對我，說：「妳也真用心。」

大伯母是個中等身材的人，那張臉沒有笑容的時候，顯得勢利與尖酸刻薄，但笑起來的樣子卻也不失溫和，這樣一張變化多端的臉，我看了實在有點怕怕，但為了阿嬤，我要勇敢，我不停的告訴自己：勇敢的面對大伯母的情緒變化，就算她是一隻老虎，我也已入了虎口——「不入虎口，焉得虎子」不是嗎？

大伯母若有所思的盯著我看了一會兒，自言自語的說：「真沒想

到啞巴和白癡生的女兒這麼靈巧！真是壞竹出好筍。」

「我爸爸跟媽媽不是壞竹，他們只是不方便。」我小心翼翼的說：「我爸媽反對告阿嬤的態度很明確。」

「哼哼！」大伯母冷笑了一下，像是在賭氣的說：「妳爸爸被後母帶成啞巴還在那裡講孝順！當然，也許你們也得了好處！」

「……」我沒有及時回答，我愣住了，怎麼可以這樣說？我正要反駁，大伯母卻親切的拉著我說：「來，妳來這裡坐！」大伯母讓我坐在她的身邊，不會擋到客人進來出去的地方。

「你們中午吃過飯了嗎？」大伯母好像忘了她剛剛說了些什麼話。

「吃過了。」我也親切的對她說：「但是大伯母還沒吃，妳要不

要先吃點東西？」

「不必，幾十年了，我的三餐從來沒有準時吃過，」大伯母臉上浮現一抹憂鬱，淡淡的說：「所以胃潰瘍的毛病，已經嚴重到快不行了。」

「啊！那怎麼行呢？」我豈能見死不救，只好催促著她：「妳還是先吃點東西啦！」

「我這個病是長期累積的，又不是今天才這樣！」大伯母神色黯然的說：「前幾天胃痛去掛急診，醫生還懷疑我是不是得胃癌，要我做檢查。」

「那要趕快去檢查呀！如果得癌症要趕快治療。」我十分嚴肅的提醒她。

「去做檢查，萬一要住院，這個店誰來顧？」大伯母面色有點淒迷的說：「三個兒子，沒有一個願意幫我顧店，讓他們當現成的老闆也不要，看不起這間小店啦！」

「這家店很賺錢啊！」我說：「財源滾滾耶！」

「是啊！沒有這間小店，他們的生活哪有那麼富裕？那麼方便？」大伯母面帶一絲得意的說：「妳大伯在工廠的工作，每天都六點多才下班，一下班回來，就要趕去套房那邊倒垃圾，弄好回來都快九點了，每天都要快九點才有空吃晚飯，我也沒時間煮，他都去巷子口自助餐那邊買人家沒賣完的便當，那個時間買比較便宜。」

「大伯不是自己開工廠嗎？」我說：「當老闆還要自己去收垃圾、吃冷便當噢？」

「誰說妳大伯在開工廠？妳大伯有才情開工廠！」大伯母情緒一轉，激動的拍了一下桌子，阿坤手裡拿著一本漫畫書，好像是跨一步的距離，馬上出現在我身邊，一副要保護我的架式。

他……他不是被我藏在遠遠的角落裡看漫畫嗎？

「妳大伯有能力開大工廠，妳伯母我要在這裡顧這間小店？開什麼玩笑？我白癡噢！有福我不會享嗎？」大伯母越說越大聲：「工廠裡的小員工啦！什麼開工廠！鄉下人就是愛亂說話！」

「妳顧店太辛苦的話，請個店員不就好了？」阿坤一臉不解的對伯母說：「沒有人規定老闆要自己顧店啊？」

「請店員不要錢啊？」伯母又拍了一下桌子，這次力道沒剛剛那麼大，她衝著阿坤大聲的說：「你們這些年輕人就是這樣，不想做事

就只會夢想當老闆！像我們家老大，他老母我拿錢給他開一家連鎖店，賣吃的，剛開業就請了五六個小姐，笑死人了，擺場面啦！一個月下來，還要向我拿錢付薪水！」

「那，阿伯收垃圾是什麼意思？」我問。

「我們不是有幾間套房在出租嗎？我要每位房客每天把自己的垃圾整理出來，我規定妳大伯每天下班後趕去收垃圾，交給垃圾車，也要把環境打掃一下。房子太髒亂了誰要租？」

「那種事真的要請人做啦！阿伯下班很累了。」阿坤帶著無限憐憫的神情說：「撥一點錢給別人賺又會怎樣？一個月好幾百萬收入的人耶！」

「什麼一個月好幾百萬收入的人？」大伯母驚訝得眼睛睜得好

大，直逼著阿坤問：「誰一個月收入好幾百萬？」

「妳啊！」阿坤說：「鄉下村子裡的人都知道妳很能幹，妳那八、九十間套房出租，一個月光是房租收入就好幾百萬。」

「我怎麼好像在聽故事呢！」大伯母挺直了腰桿，板著臉說：「我是有三間店面以及十八間套房在出租沒錯，可是，把它說成八、九十間，三、四十萬收入說成好幾百萬收入，不會太離譜嗎？」

「可是，我們村子裡的人都是這樣說的呀！」阿坤說：「大家都把妳當英雄看呢！」

「呵呵！太離譜了！」大伯母還是板著臉說話：「我們到大都市來，奮鬥了三十幾年，就只擁有這個小店和幾間房子，你們還這樣說！」

「這就對了！伯母，」我像抓到什麼把柄了那樣，興奮的說：「我們的祖先留下來的田地是十甲，阿公和叔公一個人分到五甲。可是，住在大都市的你們，卻一直說光我們家的田地就是好幾十甲，這也是很離譜呀！」

「如果我一個月有幾百萬收入，我就不用這麼辛苦了，請人來做誰不會？」大伯母越說越激動：「我一個月五、六十萬收入有啦，但是，做生意不用本錢噢？孩子的事業還沒上軌道，都吃我的用我的！房子的銀行貸款還是我在繳耶！」

「妳一直買房子，當然要一直繳貸款！」阿坤說。

「不買房子要買什麼？」大伯母有些茫然的說：「我的人生就是這樣：每天開鐵門、關鐵門，收錢、找錢，補貨，煮飯、洗衣服……

然後——買房子。」

「哈哈哈！」我和阿坤都大笑起來了。我也搞不清楚自己在笑什麼？

「鄉下人都以為大都市的錢好賺，錢再好賺也要有本事！」大伯母氣憤的說：「開什麼玩笑，我一個月收入那麼多？如果是真的，也好啊！

「我投資失敗，輸了多少錢，誰知道？我跟會被倒了多少錢，誰知道？這個孩子要成家，那個孩子要立業，花我多少錢，誰知道？只會算我賺多少錢！」

「傳說真的很不可靠。」我說：「所以，請伯母重新思考遺產的問題，是不是也是被傳說所誤導。」

「……」大伯母板著臉，沒說話。

客人拿著東西過來了，大伯母一邊收錢找錢，一邊說：「都說我會算計，我不算計，這一家人就靠妳大伯那一點薪水怎麼活？」然後她很生氣的把手中的一個紙屑狠狠的扔出去。

「我娘家大哥住在鄉下，離妳們住的地方不遠，就是他要我逼婆婆交出財產的。我不甘願我們這麼苦，婆婆卻拿我們陳家的錢去給她女兒舒服的花。」

「這也很像是在說故事，並不是事實。」我跟伯母說：「妳大哥的話不正確。」

「……」大伯母沉默著。

「我們家的錢沒那麼多，阿公花掉了所有的，阿嬤還曾經去做工

幫他還債，也曾經做工給孩子們繳學費，買東西。」我說：「伯母在都市聽到的我們，就像我們在鄉下聽到的你們一樣，跟事實出入很大。」

「妳是阿嬤帶大的孩子，當然要為阿嬤說話。」大伯母說：「阿嬤跟妳說的話也不一定是真的。」

我說：「要知道事實真相，可能得花一點時間與精神去打聽、求證。」我說：「伯母的大哥，以前常常跟阿嬤借錢，借了又不還，後來阿嬤沒錢借他了，他就很生氣，這次阿公過世，我聽到他一直在提遺產的事，村子裡的人都說他故意在挑撥離間。」

大伯母很仔細的聽完我的話，又敲了一下桌子，憤怒的說：「那個該死的東西！也去向阿嬤借錢噢？」然後她說：「好，這件事我會

去查，那個沒有用的東西，好吃懶做不務正業，他也跟我拿了很多錢沒還！沒想到他也敢去向阿嬤拿錢，真是可惡！妳阿嬤又從來都不講，怎麼會有那種什麼都不講的個性！要不到錢不會打電話來跟我講噢！」

「阿嬤很單純，只會拚命的做，拚命的忍耐，她認為那是她的本份。」我說：「阿嬤沒有那個能耐去做太複雜的事啦！」

「我們剛從鄉下來都市打拚，妳阿公是有幫我們買這棟房子不錯，但是，還是有一大部分用貸款的呀！接下來的生活，有多苦不是你們現在的孩子能夠體會的。」大伯母說：「妳大伯才小學畢業，在工廠的工作待遇並不好，我才讀兩三年小學，能夠做什麼？為了貼補家用，我到處擺地攤，跟警察玩捉迷藏，孩子生重病，沒錢醫治，

被送進太平間，後來命不該絕遇到貴人才又活下來；有一個六個月出世，我們沒有錢去醫院保溫，就自己用六百燭光的電燈保溫……我們努力了好幾年才開這家店的。」

兩三個客人進來了。我想說錄音帶已經給了，該說的話也說了，還有二伯家要去，就起身跟大伯母說：「大伯母，我們要走了，我們還要去二伯家。」

大伯母微微的笑著，快速的走到後面去，拿了兩包海苔、兩條餅乾，遞給我和阿坤，對我說：「這個給妳，妳這麼小，就懂得孝順，伯母很感動。」

「謝謝伯母！」我接過東西，對大伯母說：「伯母要記得聽錄音帶喔。」

「嗯，」大伯母笑著說：「當故事聽啦！」

「好，」我說：「伯母也要記得去看醫生。」

「再說啦！」大伯母說：「妳阿公那種人，若是遇到我，一定會被我修理得很慘，想喝？想賭？想嫖？試試看！」

客人又來了。

「我們該走了，大伯母再見。」

這會兒，大伯母笑得很和善的看著我，那和善的笑容，掃去我心中的一些陰霾，使我對此行能否如願以償，有了很大的希望。

我們走出店門的時候，大伯母在背後喊著：「今天是假日，妳阿伯在出租的房子那邊打掃，順便撿一些可以回收的東西賣錢，看你們要不要去那邊找他，左轉再右轉那邊就是了。」

「好！」我愉快的向伯母揮揮手，說：「大伯母再見！」午後三點時分，阿坤和我，匆匆忙忙的走出「財源滾滾超級市場」。

「我們要不要去找大伯？」我問阿坤。

「我怎麼知道？看妳呀！」阿坤說。

「嗯，」我思考了一下下，說：「去看看也好。這裡左轉，等一下右轉就到了。」

我們就根據大伯母指示的方向走去。

大伯母的店跟我的想像差距好大呀！那，出租的房子呢？我不想再有什麼樣的想像，但是，想去看看的好奇心還是很強烈。

我們左轉再右轉之後，來到另一條巷子裡面，這條巷子都是四層

樓，格式一樣的房子。巷子裡都是住家，整條巷子靜悄悄的。我好奇的偷看著一家又一家的、都市人家的住處，我在感受與鄉下不一樣的居家氣氛。

「哈哈！」阿坤頑皮的笑著說：「也沒有住址，這種每一間都一樣的房子，我們到哪一間去找大伯？」

「是啊！」我說：「我在這邊大聲叫的話，大伯聽到就會出來。」

「大伯還沒出來之前，妳可能就被揍扁了。」

「為什麼？」

「大都市裡，有的人過的是夜生活，現在他們在睡覺，或許也有人在睡午覺。」阿坤說：「妳不要忘了，這裡是住宅區，不是田野裡。」

「噢，那怎麼辦？」我說：「不要找好了。」

當我們正要轉身往回走的時候，我看到有一位老先生，從前面第五間房子的屋子裡走出來。那位老先生的身影很像大伯，個子不高，身材中等，穿著一件又舊又髒，像是從垃圾桶找出來的長褲，一件灰白得可以丟掉了的薄夾克。他帶著口罩，一手拿著掃把，一手拖著一個大的垃圾袋，走出房門，就在門口的路邊蹲下來，打開垃圾袋，從裡面把寶特瓶、鋁罐等可以回收的東西挑出來，放到另一個塑膠袋裡。

「那個人看起來很像大伯，」我對阿坤說：「我們過去看看。」

「我看不要啦！」阿坤把我拉回來，對我說：「妳大伯回鄉下都穿得很體面，有意營造風光吧？這樣的人都不喜歡家鄉的人看到他的另一面。」

「嗯，好吧！」我想一想，也有道理，就對阿坤說：「那，我們走吧！不要讓大伯看到我們。」

我們快步的走出巷子。在轉彎處，我回頭看了一下大伯，他還是很認真的工作，根本沒時間抬頭。

11

在二伯父家

站在大馬路邊，阿坤對我說：「打電話問二伯，我們要怎麼見面？」

「什麼怎麼見面？」我說：「當然是去他們家見面囉！」

「我們並沒有二伯家的住址，不是嗎？」阿坤說：「說好了要問大伯母的，結果妳都忘了。」

「你不是也忘了？」我說：「好啦！我來打電話——也不知道二伯在不在家？」

我取出手機打二伯家的電話。

「鈴……鈴……」電話通了，接電話的是一位男士的聲音。

「請問您是二伯嗎？我是陳詠真。」

「噢……陳詠真……」

二伯遲疑著，他在記憶裡搜尋「陳詠真」吧？

「我是鄉下來的陳詠真，添丁阿公的小孫女。」

「噢！陳詠真。」二伯想起來了，他十分意外的問：「陳詠真，妳在哪裡啊？」

「我在你們大都市啊。」我說：「二伯，我想去你家耶！」

「妳跟誰？」

「跟我們家姨婆的孫子阿坤。」

「噢，那你們過來吧！」二伯說：「有沒有住址？」

「沒有。」

二伯念了住址給我抄。抄好地址，招了計程車，我們就要去二伯家了！可以去看豪宅了，我的心在憂傷與忐忑中，竟然有點夢想即將

實現的那種喜悅。

計程車在大街小巷中穿梭，計程的碼錶嘰嘰跳了好幾次，經過一座大公園，車子停在一群高樓大廈的前面，我付了將近兩百元的車資，下了車。

「這裡是國宅。」阿坤打量著那些樓房。

「那……不是這裡……」我用小到只有自己聽得到的聲音說。

我仔細的觀察著這幾棟一模一樣，只是有的高矮不等、有的方向不同的樓房；我望著那一格格樣式相同的窗戶，思考著窗內那一戶戶人家，他們都有一個個內容不同的故事吧？他們的故事精彩嗎？繽紛嗎？與我的很不一樣吧？

「阿坤……」我有點洩氣的說：「二伯不是住這裡，他住的是豪

宅。」

「住址是這裡沒錯呀，這裡沒有豪宅，這些都是國宅——國民住宅。」

「這樓房有點舊，二伯的豪宅才買沒幾年。」

「二伯不一定買新的房子呀！說不定是買二手的。」

「二手的！」我更失望了，我的夢想從皇宮跌落到二手屋。

「二手的豪宅嗎？」

「這裡不是豪宅啦！妳很番ㄋㄟ！」阿坤皺著眉頭，有點大聲的說：「這房子很不錯的！地點很好，要運動有公園，要讀書有學校，那邊是菜市場……什麼樣的商店都有，還有那麼多公車站牌……妳看！連捷運站都在放眼望去就看得到的地方。」

「是很熱鬧啦！」我一面循著阿坤手指的方向，尋找捷運站在哪邊，一面很落寞的說：「要不然怎麼叫大都市！」

阿坤引導著我走向二伯家的那棟大樓，搭上了電梯。

「阿坤，」我說：「這電梯很小。」

「不小了！」阿坤說：「要不然，妳以為電梯會像妳的房間那麼大？」

二伯住的三樓很快就到了。走出電梯，我站在一處陽台邊，居高臨下的往下看，馬路上的車子、行人，匆忙的來來去去，不知道他們要去哪裡？

「這一間，按門鈴吧！」阿坤要我按門鈴。

我伸手按了門鈴：「叮咚！叮咚！」

二伯穿著齊整的來開門，一頭白髮、一臉笑容，看起來十分慈祥。

「快進來！」二伯親切的跟我們打招呼。

我帶著憂喜參半的心情，走進夢想已久的二伯家了。

三年前，二伯買新房子，因為他是有點名氣的人士吧？鄉下親友便一傳十、十傳百，很誇張的傳說著二伯的房子怎麼樣怎麼樣，最後就是說：二伯買了一棟像皇宮的豪宅。這便是我對二伯家會一直充滿幻想的原因。

二伯家的客廳不大，比我想像中的小很多，但是非常整齊乾淨。第一次置身在窗明几淨、一塵不染的屋子裡，又有濃濃的書香味，感覺很不錯。我情不自禁的，在這高雅的屋子裡這邊看、那邊瞧，阿坤

像我的隨扈那樣，靜靜的跟在我後面走。二伯過來當嚮導：「這間是大姊姊和二姊姊的房間，這麼亂；這間是主臥房，這間是我的書房，也是亂亂的噢？這邊是廚房，這是浴室，我們在客廳吃飯，這張是飯桌。」

我眼睛跟著二伯的介紹轉個不停，心裡很納悶——怎麼二伯說亂的房間，我都看不出亂在哪裡？都很乾淨整齊啊！只是，怎麼每個房間都那麼小？不論是誰的房間，都很窄——比我的房間窄太多了。

我的房間在我們家二樓，有大姊姊她們房間的三或四倍大，房間裡面的床罩永遠只鋪一半，另一半垂在地上；衣櫃的門經常是開著的、亂七八糟的書桌、沒擱幾本書的書櫃，其餘的空間大到可以當運動場；「運動場」上經常會擱著一些也不知道什麼時候帶進來的東西，比如

舊水桶、破紙箱、空瓶子、幾件並不是我的衣物等等。

其實，我們家每個房間，隨時都維持著好像剛剛有小偷來過的狀況，因為凌亂沒機會引起我們的注意，忙不完的工作，狠狠的榨乾我們的時間與體力。

而，這房子雖然不豪華，卻是這麼整潔美觀！整潔美觀給人的感受竟然這麼好。我心裡想：回去之後，就算犧牲一個月的睡眠，我也要把房間打掃乾淨。問題是，這裡的每個房間怎麼都窄窄的？廚房只有一個小走道和一座流理台，他們的餐桌擺在客廳。客廳本來就不大，還擺一張餐桌，顯得有點滿、有點擠；幸虧整潔美觀的氣氛太好了，要不然那些家具一定會時常吵架，因為在狹小的空間裡，大家的火氣都會很大。

二伯微笑的帶著我們倆，在那幾個房間走來走去。回到客廳，我微笑的看著二伯，二伯也用一臉笑容面對我，這是我第一次這麼近距離與二伯相處。如果我的爸爸不生病變成啞巴，他也會像二伯這樣斯文有氣質吧？如果二伯是我的爸爸，我就能住在這樣高尚，有書香味的房子裡，每天只要用功讀書就好，不必「趕快回家！趕快回家！趕快回家幫忙爸爸媽媽！」

咳！我又墜入美麗的夢想之中了。

但，很快的，我從夢中清醒過來了，我怎麼可以忘掉此行的目的！我很快的回到現實裡，回到即將面對二伯要告阿嬤的那種情緒裡。如此和藹可親的二伯，怎麼會要告自己的母親！真是「知人知面不知心」──！我的父親雖然是啞巴，但，他是那麼的善良，再怎麼也不

會像大伯、二伯他們那樣貪得無厭！我收起笑容，要開始言歸正傳。我想支開阿坤，我還是不想讓他聽到我和二伯的談話。但，就這幾個房間，要把他支到哪個房間去才好呢？

我只好這麼做：「阿坤，你要不要去樓下逛一逛？我要離開時打你手機。」

「好！那你們聊，我走了喔！」阿坤往門的方向走了兩步，又退回來，對二伯說：「我要借用一下洗手間。」

「好！」二伯告訴阿坤洗手間在哪裡，同時拿出一張他的名片，對阿坤說：「把這裡的地址和電話帶著。」

阿坤接過名片，歡歡喜喜的往洗手間的方向走去。

阿坤一離開，我就趕忙把二伯拉到他的書房，對他說：「二伯，

我上來的目的，是想請二伯再仔細的思考一下——要告阿嬤這件事。」

二伯看了我一眼，招呼我坐下來，他也坐到我旁邊，輕描淡寫的對我說：「這是妳大伯母跟二伯母在處理的，我不大清楚耶。」

「可是，二伯，你怎麼會把自己的母親交給別人處理，而自己卻——不大清楚？」

「她們並不是別人啊！」二伯笑著說：「對事不對人啦。」

「如果那只是利益自己，卻會傷害到長輩的事，也可以是——對事不對人嗎？」

「……」二伯沒回答，就是笑咪咪的。

「我的爸爸媽媽不精明，你們也知道。但是，我爸爸媽媽都很清

楚的表示了，他們反對這樣做。」我很誠懇、很小心的表明我爸爸的立場，這也是我爸交代我，一定要記得說的話。

「只是想把事情弄清楚而已。」二伯說。

「可是，二伯，並不是每一戶人家的爸爸過世，都會有遺產可以讓孩子們想弄清楚的，有的還留一屁股債讓兒女還呢！」我眼眶泛著淚水說：「那天你們要回來的時候，大伯母跟阿嬤提遺產的事，阿嬤就難過好久了，因為阿公根本沒有遺產，現在若真要告她，她會不想活的。」

「可是，」二伯說：「妳大伯母說阿公死了之後，財產要弄清楚，阿嬤又一直不回應，大伯母的大哥說他有去查了，發現阿嬤就是有不能交代的地方，才不回應。」

「阿嬤不回應是因為她認為她的做人兒子們都懂。而，阿公吃喝嫖賭的事情比傳說中的嚴重，那樣不堪的往事，她不想讓外人知道得太清楚。」我怕二伯無法體會，很謹慎的解釋：「不是好模範，一直講也很丟臉，不是嗎？」

「詠真，妳還小，很多大人世界裡的事妳並不清楚。」二伯說：「要懂一個人不容易，妳想，阿嬤要不是為了我們家是有錢人，阿公有四個那麼小的小孩，阿嬤怎麼敢嫁他？還把親生女兒送給人家養？大伯母娘家的人分析，她們有可能是預謀的。」

「阿嬤嫁給阿公的時候，美秀姑姑才兩歲，懂得跟阿嬤預謀嗎？」

「阿嬤的女兒不會，可是她女兒的養父母可能會，他們不是親

戚嗎？」二伯說：「阿嬤在阿公病重的時候，不是去她女兒那邊了嗎？」

「阿嬤去姑姑家是去治療身體的，不是不管阿公！阿公生病臥床，阿嬤已經照顧他十年了，十年耶！不是十天也不是十個月！讓一個老人照顧老人十年，你們竟然可以無動於衷？沒有阿嬤挑起照顧阿公的工作，你們可以如此輕鬆的在大都市享受嗎？」我盡量鎮定，盡量讓自己和顏悅色的說：「二伯，你為什麼要聽大伯母的話呢？你們這樣誣蔑長上，不怕受到報應嗎？」

「不是誣蔑長上啦，妳大伯母是何等精明的人物，知道有幾分證據說幾分話。」二伯用崇拜口氣說：「妳大伯母很厲害的，妳看賺那麼多錢，買那麼多房子。」

「二伯也很厲害，我們村子裡就數你最有名，大伯最有錢。」我說：「如果大家知道了，阿嬤的這兩個傑出的兒子，如今要回來清算老母，你想，人家會怎麼講？」

「鄉下人就是愛誇張。二伯只是服務單位不錯，當個小主管，負責一些事，偶爾要面對一下媒體，這樣而已，沒有多少名呀利的！」二伯說：「大伯夫妻也很勤勞節儉的在過日子。在大都市討生活並不容易。」

「再怎麼不容易，也不會像我的父母親那樣，帶著傷殘辛苦種田養自己，還要替你們奉養父母親不容易吧？」我有點不高興的說：「自從聽說你們要告阿嬤，我就無法專心上課，一直在擔心我們家被阿公糟蹋到不行了的名譽，這樣一來會更是雪上加霜，以後，我們在

村子裡如何做人？」

「……」二伯不說話，有點尷尬的笑著。

「我希望在阿嬤及村子裡的人知道這件事情之前，能跟你們做好溝通。」我嚴肅的說：「也不是要你們只聽我一個小孩子的話，我有請我們的幾位長輩，透過錄音跟你們說說話，可以讓你做參考。再不信的話，你們可以回鄉下去找人求證。」

我把錄音帶遞給二伯，二伯接過錄音帶，小小聲的說：「詠真很有心喔！其實，我們只是在做捍衛陳家產業的事而已，詠真不要想差了。」

「在捍衛一個美麗的遺產夢吧？」

「哈哈！」二伯說：「這是妳小孩子的想法啦！」

「我是小孩子，不全然懂得大人世界的事，我只懂得不可以恩將仇報，讓這樣的一位老人家傷心。」我說：「如果你們真的要告阿嬤，必定會引起公憤，鄉下村子裡有三分之二以上的人會出面幫阿嬤作證。」

二伯微笑著看著我，笑容有點牽強。

「二伯，阿嬤沒有拿錢給美秀姑姑，他們家本來就十分富有。我懂事以來，比較常關心我們、支援我們的是美秀姑姑和姑丈。」我說：「你們沒有！你們回鄉下只是『沾個醬油』，這是大家公認的事。」

「呵呵呵！」二伯笑得僵僵的。但，還笑得出來已經夠讓我佩服了。

「阿嬤辛苦的照顧阿公那麼長的時間，你們沒出力也沒出錢，阿嬤身體撐不下去了，你們也從不關心，我的啞巴爸爸和弱智媽媽要種田討生活，要照顧阿公忙不過來，美秀姑姑不帶她去治療，難道要放著讓她死嗎？」

「其實，我們的意思只是要讓阿嬤重視交代遺產這個事情而已，也不一定真的要告不告的。」二伯說：「二伯能有這樣的工作，也是付出很多心血才有；成就自己，把榮耀帶給父母，也是一種孝行喔！」

「如果沒有這樣的兒子要告那樣的母親這件事發生，我勉強可以忘記二伯只活在傳說中，根本很少關心過父母這個事實，認同你說的榮耀這方面的孝行。」我的鎮定出乎自己的意料之外，我不慌不忙的

說：「只存在於傳說中的榮耀，從來沒有實質上的幫助，精神上的、物質上的，都沒有，實在很虛無縹緲；因為是虛無縹緲的孝行吧？才會那麼容易就被傳說中的遺產所動搖，真是悲哀！」

二伯收起了臉上的笑容，站了起來，面向著他的書櫃，默不吭聲。我也站了起來。我不知道二伯是不是生氣了？但是，無論如何，我也不會因為他生氣就不敢把話說完。我花了這麼多時間、車錢，我跑了這麼遠的路程！怎麼可以無功而返？最重要的是——我絕不能讓阿嬤走進法院。

「二伯，我聽很多人說阿嬤最疼你，在那麼艱難的情況下，堅持你讀書就好，什麼事都不用做，都不用擔心，所以你一路順利的讀到博士。」我說：「你現在有好的成就、有好的工作，固然是你自己花

很多心血了，但，也是阿嬤的栽培，不是嗎？如今，阿嬤老了，有難了，你不但沒有幫忙，還要捕風捉影，跟人家大作遺產夢。」

二伯沒說話。

「我爸說，你跟大伯第一次要買房子的時候，家裡也都有幫你們出不少錢，那不也是阿公阿嬤的財產之一嗎？」我說：「在鄉下，我們一家老的老、小的小、病的病、年輕的都是殘障同胞，我們的日子怎麼過的，你想像得到嗎？」

「二伯一直認為你們生活沒問題，也實在很忙，所以有所忽略。」二伯笑著轉過身來，拍拍我的肩膀說：「詠真，妳不得了，這麼會說話，我們陳家出一個人才了！」

「時勢造英雄！要不然呢？」我心急的問：「二伯還要告阿嬤

嗎？」

「再說啦！看妳大伯母怎麼說。」

「怎麼我說了老半天，你還是要看我大伯母怎麼說？」這下子我火大了，不是很有學問嗎？怎麼這麼沒有擔當？我用我在鄉下對付那些小混混那樣的氣勢，大聲的衝著二伯吼著：「大伯母叫你去跳海，你要不要去？你是阿嬤養大的還是大伯母養大的？」

二伯睜大眼睛看我，一臉錯愕。

「哦！我知道了，你們認為阿嬤是後母，不用尊敬她，所以要告她，關鍵在這裡，對不對？」我越想越氣，氣得連自己眼淚滾滾而下了都沒發覺：「好！你們去告！去告！去告！」

本想好好的再溝通一下，心一酸，卻唏哩嘩啦的哭了起來，一直

讓我有股孺慕之情的二伯，太傷我的心了，我越哭越大聲。身旁有一隻手伸過來，手上有幾張面紙，我拿起面紙的時候，發現那隻手的主人是鄭明坤，阿坤靜靜的站在我身後。可是，他怎麼會在這裡？他不是要出去樓下走走嗎？什麼時候回來的？那麼，我跟二伯的對話，他都聽到了嗎？

咳！管他的，我必須趕快跟二伯把話說清楚。

「二伯，阿嬤不是你們的親生母親，所以你們就漠視她對這個家的付出，對阿公長期的照顧，找了一個不存在的理由要告她。好！算阿嬤倒楣，她不該來當你們的後母，不該疼你們養你們！」擦乾眼淚的我，精神百倍：「但是，阿公是你們的親生父親，你們又照顧了他幾天？回饋了多少？」

「嗯……」二伯真是老江湖，面對這麼激動的我，依然不動聲色，只是推一推眼鏡，皺皺眉頭，平靜的拍拍我的肩膀，說：「辛苦了，真的辛苦你們了……」

「我從剛學會走路，自己都還在包尿布，就要幫阿公拿尿布，我每天都要『趕快回家！趕快回家！趕快回家幫忙爸爸媽媽！』因為我那傷殘的父母，除了忙於討生活，還要忙著照顧父母，而你們……」我來自於對阿嬤與父母的不忍心，與自己隱忍在心底的種種委屈，如山洪般爆發開來，我平日裡就覺得我的二位伯父很自私自利，很無情；如果大伯、二伯有一點人性，我那可憐的父母就不必那麼辛苦，我也不用走到哪裡，都會有人提醒我：「陳詠真，妳還不趕快回家！趕快回家幫忙妳的爸爸媽媽！」現在我要把我對他們的怨恨、不

滿，通通說出來。

可是，我已經說不少了，說得很白了，我還能怎麼說呢？

一陣陣的心酸，堵住了我的喉嚨，讓我抓不穩一個頭緒，又很不想在這裡多做停留，便不再說什麼了，我抓起擱在桌子上的背包，以及大伯母給我們的那幾包餅乾和海苔，拉著阿坤往門外走，走到電梯前面，我就丟下手中的東西，蹲在地上，雙手摀著臉，放聲大哭起來了，一股來自心底深處的悲傷，讓我不由自主的想哭個痛快。

「喂！喂！」阿坤把我拉了起來，對我說：「這裡不是葡萄園！」

「詠真，我們到裡面去！」是二伯，他拉著我的手，溫和的說：「有話慢慢說，二伯有在聽啦！有在聽啊！我們還沒溝通好，不是

嗎？」

「我不要跟你說話！我不要跟你說話！」我像瘋狂了一樣，大吼大叫，我不管這裡是大都市還是葡萄園，只覺得自己已經崩潰了。

電梯來了，阿坤撿起地上的東西，把我拖進電梯裡面，二伯要進來，阿坤擋住他同時趕緊按開關，電梯的門關起來了，裡面沒有人，我繼續哭泣。

走出電梯，我還在抽泣，阿坤拉著我走到附近的一棵樹下，我蹲在地上哭，他站在旁邊看我哭、遞面紙、收面紙、丟面紙。因為來往的人很多，我沒哭多久，趕快收拾好情緒，擦擦眼淚，站了起來，我一邊擦眼淚一邊問阿坤：「你不是出去了嗎？怎麼會在那裡出現？」

「我去洗手間，回到客廳又不想出去了。」阿坤用有點幸災樂禍

的表情，說：「留下來救妳！」

阿坤給他姑姑打了電話，我們並肩而行，朝阿坤和他姑姑約定的地點走去。我不由自主的再回頭，想再次看看我夢想中的「豪宅」，映入我眼簾的是二伯那超齡老邁的身影，他在那個樓下、路邊，走來走去，東張西望，他在找我嗎？瞧他臉上充滿了焦慮，滿頭白髮隨風搖曳。我不想跟他揮揮手，但又有點希望他能看到我……

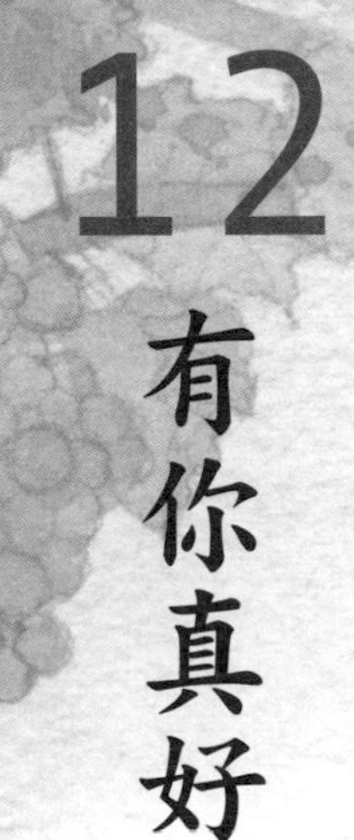

12 有你真好

我帶著紅眼眶和輕輕的抽噎，和阿坤在街上慢慢的走著，走到附近公園的大門口，阿坤的姑姑開著車來載我們了，姑姑帶我們去吃晚餐，飽餐一頓之後，我們到處逛一逛。

夜晚的大都市，霓虹燈爭奇鬥豔，車擠在一起前進，人也擠在一起前進，琳瑯滿目的商品，看得我目瞪口呆。姑姑帶著我們在萬頭攢動的人群裡逛，到百貨公司逛；逛累了就去吃點心，在五花八門的食物當中挑選自己喜歡吃的東西……新奇的大都市，讓我暫時忘了心裡的悲傷。

來到姑姑家已經很晚了，姑姑的家人對我們這兩個來自鄉下的小孩，給予十分親切的招待，並問我明天想去哪裡玩，我說坐捷運逛一下就好，因為我有點歸心似箭。我急著把這個過程說給我的爸媽及紀

老師聽，讓他們判斷兩位伯父母會不會放棄告阿嬤。

第二天一早，我和阿坤起床盥洗完畢，匆匆吃過姑姑做的早餐，跟姑姑的家人道過謝謝之後，姑姑就帶我們去坐捷運。我們坐捷運到處看一看，就去火車站坐火車回鄉下了。

這是我第一次坐火車，心情和車速一樣高亢。經常到處旅遊的阿坤，坐火車是家常便飯吧？他舒舒服服的靠著椅背，靜靜的望著窗外，看起來十分悠閒。

「阿坤，」我小心翼翼的問：「你知道我去大都市做什麼事了，對不對？」

「早就知道了呀！」阿坤說：「請妳兩位伯父伯母，不要告妳阿嬤。」

「早就知道？誰跟你說的？」

「我阿嬤跟我說的呀！」

「你阿嬤怎麼可以出賣我呢？」我很洩氣的說：「她答應我不說出去的。」

「她沒有說出去呀，我阿嬤只是告訴我而已。」阿坤說：「她要我陪妳去，怎麼可能不告訴我去做什麼呢？」

「你還知道什麼事？」

「知道妳大伯母可能得胃癌。」

「你不是在最角落那邊看漫畫嗎？怎麼會我大伯母一拍桌子，你就在我身邊出現？」

「因為妳沒有說不能到別的地方看呀！」阿坤說：「所以，我拿

了漫畫書，就站到妳背後看；所以，伯母一拍桌子，我馬上就到——來救妳啦。」

我竟然沒發現阿坤一直在我後面。

「你都聽到什麼了？」

「你們說什麼我就聽到什麼。」

「鄭明坤。」

「是！」

「你是個有義氣的人，對不對？」

「可以這麼說吧！」

「那你會不會把我伯父他們要告我阿嬤的這個祕密說出去？」

「不會！」阿坤說：「但是，村子裡的人還是都會知道。」

「怎麼可能？」我說：「你和你阿嬤還有紀老師不說，就沒有人會知道。」

「哈哈哈！」阿坤笑著說：「妳忘記一個人了。」

「誰？」

「妳大伯母的那個到處借錢不還的哥哥。」

「對噢！」我簡直如夢初醒：「他以後一定會知道，知道以後一定會到處講。」

「什麼『他以後一定會知道』？這件事根本就是他在搞鬼。」

完了！完了！全村子的人都將知道我們家有這樣的事情發生，那就算伯父他們不告阿嬤了，也會讓阿嬤很難堪。一支支銳利的箭，已在弦上，蓄勢待發，準備射向阿嬤，這要怎麼辦才好呢？

「怎麼辦？」我著急的說：「我阿嬤知道就完了！」

「大家都了解妳阿嬤無辜啦。」阿坤說：「沒有人會在她面前提這件事的。」

「大家了解是大家了解，我阿嬤在意的是她的兒子要告她這件事。」我感傷的說：「讓她引以為傲的兩個兒子！」

「不過：如果他們真的提告，這件事就會成為我們這個村子的民間故事喔：紈褲子弟陳添丁敗光家產後臥床十載，後母不離不棄，悉心照顧，竟被含辛茹苦養大的孩子誣告侵佔財產及棄養老伴……。」

「那，我們這一趟不就白跑了？！」

「也不一定白跑，妳大伯母的態度不是軟化了？」阿坤說：「妳二伯看妳那樣，他會再慎重考慮的。這件事情，妳已經盡力了，就不

要再胡思亂想了。」

「喔……」我哀求似的說：「鄭明坤！」

「又有什麼事了？」

「那，你會不會跟人家說……」

「說什麼？」

「說我兩位伯伯家的實況？」

「妳兩位伯伯家的實況不錯呀？為什麼不能說呢？」

「跟傳說中的很不一樣，不是嗎？」

「傳說跟事實本來就很難百分之百一樣！」

「可是，」我懊惱的說：「以後如果有人向我問起這些事，我要怎麼回答？」

「唉唷！妳怎麼會不知道怎麼回答？妳忘了妳是陳詠真ㄋㄟ！」阿坤用類似調侃的口氣說：「妳怎麼可能不會回答？」

「嗯……」我的確是有點感傷有點害怕。

「如果有人在妳面前提這些事，妳就說：『唉唷！哪有這回事？我阿伯他們怎麼可能告我阿嬤？這種玩笑不能亂開啦！』妳的演技一定能把傳言鎮住。」阿坤模仿著我的聲音，誇張的做表情。

「那個人如果很白目，想要追根究底，妳就用標準的陳詠真的氣勢，指著他的鼻子說：是誰在造謠？是誰在造謠？說！說！說！我們家根本沒這個事！是誰在造謠？、&*@#$、！」

「哈哈哈！」我被逗笑了。我笑著說：「這裡是火車上耶！你搞什麼模仿秀？」

「時勢造英雄，要不然呢？」

「你還真的是每一句話都聽到了。」

下車站到了，我們嘻嘻哈哈的走出火車站，還要搭一小時的客運車才能回到鄉下呢！坐在客運車上，我一直在想：這次的大都市之行，還真的多虧有阿坤，讓我在進行這個任務時，身邊有個伴，有個伴，才不會有孤身獨影的漂泊感；多虧有阿坤，我才能有個伴，好帶路、好商量、好吃吃玩玩，還有那麼好的地方住。阿坤總是在我需要他的時候出現，我一定要很誠懇的、很真心的跟阿坤說聲謝謝。

騎著腳踏車回家的途中，我找了一個機會，對阿坤說：「阿坤，謝謝你陪我走這一趟。」阿坤一邊踩踏板一邊頑皮的笑著說：「不客氣啦！誰叫我是妳們家的女婿！」沒想到這個阿坤，竟然會這樣回

答！沒關係，回到鄉下的陳詠真，就像回到水中的魚，我立刻大聲的回答他：「好吧！我們家的女婿，為了報答你陪大姊遠行的辛苦，我會請我媽媽趕快再生一個女兒，早日把你娶進門！」

然後，我們大笑著追逐，我騎在前頭，阿坤在後頭追逐，追逐……我們又回到幼年時光了嗎？我們盡情的在葡萄園間的小路上飛馳……追逐……。停車在路邊休息的時候，我……我把車子騎到阿坤的旁邊，很大聲的喊他：「鄭明坤！」

「怎樣？」他拉開嗓門回答。

「我……」我神祕兮兮的笑瞇著眼，凝視著他好一會兒，小聲的對他說：「有你真好！」

我不知道他回答了什麼？因為那個魔法般的聲音，搶先攻進我的

耳朵：「陳詠真啊！妳要乖，妳要堅強，妳要趕快回家幫忙！」我開始拚命的、拚命的踩踏板，一直衝呀！衝呀！想趕快衝到阿嬤身邊。

可是，我衝進院子裡了，阿嬤並沒在那邊。

13

要讓空心的樹發芽

阿嬤在屋子裡，看到我回來，腳步有點不穩的走出來，踉蹌了一下，差點跌倒，我趕忙跑過去扶她。阿嬤站穩了，就問我：「陳詠真回來了，肚子會不會餓？」

「不會，」我與高采烈的說：「我們玩得很快樂，去逛百貨公司，還搭捷運、坐火車。」

「阿嬤去煮麵給妳吃？」

「阿嬤，」我說：「晚餐再吃就好。」

「喔！」阿嬤笑了，笑得有點牽強，她拉著我的手，說：「我們去葡萄園走一走。」

「好！」我說：「我們開電車去。」

「不用……就……走一走。」

「那，我們慢慢走。」我挽著阿嬤，走出家門。

初夏的葡萄園，一片翠綠，小葡萄一串串的掛在棚架上，不管是翠綠的金香葡萄，黑色的小可愛黑后，還是淺紫色的蜜紅葡萄、深紫色的巨峰葡萄，都美得像一顆顆珍珠。初夏的葡萄園，充滿生機與希望。我勾著阿嬤的手臂，兩個人在葡萄園間的小路上散步。

我們默默的走了一段路，來到我上下學都會經過的那條大排水溝，我們坐在水溝旁的水泥橋的橋墩上，看看大地風光、看看濁濁的水滾滾流著，看看那棵枯樹，靜靜的佇立在那裡。

阿嬤打破沉默，小聲的問我：「陳詠真啊，他們真的要告阿嬤嗎？我兒子真的要告我嗎？」

「這……」我像突然被打了一巴掌那樣，阿嬤怎麼這麼快就知道

了？

「……」我思考著要怎麼回答她。

「我的兒子們要告我嗎？」阿嬤的眼神好晦暗，晦暗的眼神像兩個故障的燈泡，光線不足的盯著我看。

「阿嬤，沒有啦！」我很牽強的說：「妳在說什麼，我怎麼聽不懂啊？」

「昨天晚上，妳大伯母打電話來。」

「啊！是她？」我重重的敲了一下自己的腦袋：「怎麼忘了跟大伯母說不要跟阿嬤講我們上去的事！」

「大伯母都給妳說些什麼呀？」

「說很多……」阿嬤用很悲傷的口氣，慢慢的說：「她說——說

了很多我的不對！」

「妳不要聽她亂說！」我說：「妳哪裡不對了？」

「她說，她大哥向我借錢的時候，我為什麼不先問她可不可以就隨便借他，很不對！

「她說，我沒有把阿公管好，讓他把財產花光光，害他們沒有祖產可以分，很不對！

「她說，妳三伯要去游泳，我為什麼沒有阻止？害他溺水而死，很不對！

「說我把妳爸爸帶成啞巴就很慘了，還讓他娶弱智的老婆，很不對！

「說妳大伯那麼軟弱不會賺錢，都是因為我不會教，如果沒有娶

到她那麼能幹，妳大伯會餓死！

「她說我把妳二伯教成只會讀書，只會賺錢，其他什麼都不會，很不對！

「她說我什麼事情都不講清楚，害他們那麼忙還要去告我，這樣很不對！

「她說她可以勉強聽妳的話，不要告我，但是，她要我承認，他們沒有財產可以分，都是我不對。」

說到這裡，阿嬤的心好像全被掏空了，她閉上眼睛，身體無力的往我身上靠，這棵空心的樹，好像要撐不住了，就要倒下來了。

「陳詠真啊！」阿嬤奮力的挺直了背，睜大眼睛，看著我，問：

「阿嬤是不是世界上最笨的人？為什麼我一輩子都很認真的做做做，

卻好像做什麼都不對？」

「阿嬤，妳不笨，妳很辛苦、很盡力了。」我安慰阿嬤：「大伯、二伯他們在大都市討生活也不容易，大伯母為了過日子，為了買房屋，拚命賺錢，很辛苦；二伯有那麼些地位名氣，也要花很多心血，他們忙昏了頭，隨便說說的話，妳就不要放在心上了。」

「妳大伯母說我這一生只做對一件事。」說到這裡，阿嬤精神抖擻了起來，滿臉的淚痕裡浮現出幾分得意。

「哪一件事？」

「她說我把妳教得這麼堅強又有智慧，這個很對。」阿嬤說：「妳大伯母還說：『啞巴的一個女兒贏過她的三個兒子。』她很羨慕妳爸爸媽媽。」

「嗯……不好意思啦！」我害羞的抱住阿嬤。

「陳詠真啊！妳大伯母不容易誇獎人的，她這樣誇獎妳，我很高興！」阿嬤也抱著我，緊緊的抱著，我感受到她的手微微的顫抖。

「好啦！妳高興就好！」我輕輕的推開阿嬤，對她說：「所以，妳要忘記那個告不告的事，妳的兒子們都沒有要告妳，他們只是做了一場美麗的遺產夢而已。」

「可是，陳詠真啊！」

「嗯？」

「阿嬤一直很捨不得妳這麼辛苦，同樣的年紀，別人家的孩子在玩，我們家的陳詠真忙完這個還要忙那個……」阿嬤萬分不捨的說：「哪一個女孩子不是乾乾淨淨、漂漂亮亮，妳卻老是鋪著一層

灰……。」

「……」說到這個，我真的是有點感傷的。

「陳詠真啊，妳如果能夠有個兄弟或姊妹幫你分擔一些，那該多好呀！」

「沒關係啦！緣份就這樣。」我瀟灑的說：「阿嬤，妳不是說要把『吃苦當吃補』嗎？妳常常給我『進補』，所以，妳的陳詠真是不怕吃苦的人！」

「這樣……這樣我就放心了。」阿嬤有點哽咽的說：「陳詠真啊！妳千萬要堅強，要勇敢，妳的爸爸媽媽以後才有依靠。」

「好，我給他們靠。」我大聲的說：「我一定會做個有肩膀的人！」

「阿嬤要去找妳三伯了，妳三伯不會不要我吧？」

「……」我不確定是不是這樣，只好茫茫然的看著她。

「妳三伯就是跌落這條排水溝死的。」阿嬤望著流水追憶往事：「那時候他十九歲，讀高中三年級……在準備考大學。那一天是星期天，一整個上午，妳三伯都關在房間裡讀書，他要出門的時候，我在廚房煮中餐，在燉一隻雞要給他補。那時候是十一點多，妳三伯走到廚房對我說：『媽，我要去圳溝那邊游泳。』我說：『好，不要游太久，我燉一隻雞，要回來吃。』他笑咪咪的跟我說：『我游一會兒就回來吃。』我沒有叫他不要去。

「我沒有阻止他，是因為那時候很多人都會到這裡游泳，那時候這裡的水很多、很乾淨，而且並不湍急。」

「嗯。」

說到這裡，阿嬤哭了，成群的眼淚滾過她一臉的皺紋。

「過了十二點，妳三伯還沒有回來，我騎著腳踏車要去看看，在門口遇到鄰居告訴我：『添丁嬸啊！你們家文琪被水淹死了！』我趕去河邊，陸陸續續的，村子裡有一大堆人來河邊幫忙，過不久，他們撈回一具冰冷的屍體。我好驚訝，那種排水溝怎麼淹得死我兒子呢？我很自責，我為什麼沒有阻止他？」

阿嬤嗚嗚的哭了起來，那種錐心扯肺的哭法，讓我也感到柔腸寸斷。我用力的抱著阿嬤，兩人哭成一團。我感覺到阿嬤的身體很冷，很虛，這棵樹就要倒了，我家的這棵空心的樹就要倒了。我緊緊的抱住阿嬤的身子，恨不得能把我青春的、豐富的能量，傳一些過去給

她。

「妳大伯和二伯原是很善良的人，就是太忠厚，阿公對我不合理的打罵，他們都只會害怕，不敢說話，妳三伯跟他們很不一樣，阿公罵我打我，他都會出面保護我，有幾次還為了保護阿嬤被妳阿公打。」阿嬤哭著說：「如果你三伯在，他會明白阿嬤的做人，他一定不會懷疑我的。」

「阿嬤，」我含著眼淚，對阿嬤說：「我爸也沒有懷疑妳啊！他跟三伯一樣了解妳，他們只是太忙，又不方便表達。」

阿嬤看著河水，傷心的說：「阿嬤一生沒有對不起哪一個人，只對不起妳美秀姑姑。」

說到美秀姑姑，阿嬤的眼淚又滾滾而下，泣不成聲了。

「當年，她死了父親已經夠可憐了，我實在不應該，把她送給人家，自己去嫁人。我是想要做一個好後母，一心疼人家的孩子才那麼做的呀！」

「了解。」我說：「我了解。」

「當年，我不想再嫁，可是我婆婆跟我母親都要我嫁，我死忠厚不敢不聽話。」阿嬤說：「在美秀姑姑家養病的每一天，他們夫婦對我越恭敬柔順，我越好像睡在針板上，妳說，我怎麼有資格去接受她的孝順？」

「美秀姑姑要嫁人，我也只給一條並不算重的項鍊，只有這樣，卻要被懷疑拿了這家人的錢，妳美秀姑姑好冤枉……好冤枉。」

「阿嬤，妳不要想那麼多，我們一家人都愛妳的呀！我爸就是不

能說話，我媽媽就是不夠聰明，這個妳都很清楚的嘛！他們只是很忙，不能關心妳很多，他們也沒有關心我多少，不是嗎？」

我拉著阿嬤站起來，說：「阿嬤，我們回家。」

「好。」阿嬤讓我牽著她的手。

天氣有點熱，阿嬤的手掌好乾，好涼。阿嬤那張好不容易才養胖一點的臉，這會兒怎麼那麼蒼白、乾扁，灰白的短髮亂亂的，有幾綹撲在阿嬤的額頭上，瞇成一條縫的眼睛，直直的看著前面，那一片她熟悉的田園。她看看東邊、看看西邊。

我們慢慢的走著。

「妳大伯、二伯小時候都很乖，大伯讀完國中就沒有升學，留在家裡幫忙做事。妳大伯都會很盡責的做好自己會做的事，也不會惹我

生氣；妳大伯的婚事是我決定的，他那麼忠厚，我實在不應該幫他選一個那麼現實的老婆，害他都這個年紀了，每天上班回來還要做一堆工作；那麼有錢了，聽說每天晚上吃的仍然是一個五十元的——人家賣剩的冷便當。」

「阿嬤！不要再『聽說』了啦！那個『聽說』好可怕，太不真實了，妳知道嗎？」

「妳二伯小時候就長得白白淨淨的，也很聰明，每次考試都拿第一名，獎狀一張又一張的拿回家。每次拿獎狀回來，都會問我：『媽媽，這張要貼在哪裡？』我說貼在哪裡他就貼在哪裡，貼不到的地方，他就拿板凳墊腳，很小心的把獎狀貼好，然後我們母子倆就站在貼滿獎狀的牆下開心的笑。

「我工作再忙，只要一看到那些獎狀，心裡就很歡喜。」阿嬤說：「妳二伯沒有讓我失望，現在，都是一位博士了。」

「妳父親最可憐，他生病的時候三歲，妳阿公正和一個女人打得火熱，不理孩子的死活，我要上田、要顧家裡的小孩，還要帶著他到處找醫生，最後保住了生命，卻不能說話了。他去讀書，頑皮的小孩罵他啞巴，讀到國中就不升學了，我怎麼講也沒有用。他流著淚對著我比手畫腳：『媽媽，我要在妳身邊工作，我不要去學校讀書。』他比這些話的時間好像是昨天，怎麼也快四十歲了？」

平時沉默寡言的阿嬤，今天的話好多，不但多，也講得很順，跟平時有一搭沒一搭的講法很不一樣。不知道為什麼，對這樣的轉變，我感到有點害怕。

阿嬤斷斷續續的，又說了一些話：「陳詠真啊，阿嬤兩手空空，連一個戒指、一條項鍊都沒有，美秀姑姑曾經說要買給我，我都說不要。現在沒有東西留給妳做紀念，留些話給妳吧，妳要記得，我們做人，要勤儉、要乾淨，要學好的，不要學壞的。知道嗎？」

「嗯，」我說：「我知道。」

「陳詠真啊，要記得，阿嬤死了以後，跟美秀姑姑講，阿嬤對不起她，好嗎？」阿嬤又哭了，阿嬤哭著說：「阿嬤沒有知識，不會處理事情才會把她拋棄。」

「妳沒有拋棄她啦！」我希望開導阿嬤：「妳是另外做安排。給自己的姑姑做孩子，不是拋棄啦！妳不要再自責好不好？」

「我在葡萄園工作，看到鳥兒準確的選擇比較甜的葡萄吃，我就很慚愧，我比鳥兒都不如，我不會選擇自己的人生……」阿嬤不停的掉眼淚。

「阿嬤，」我對阿嬤說：「妳不是說要堅強、要勇敢的嗎？怎麼一直說些洩氣話？」

「乖孫子啊！讓阿嬤把心裡的話說一說吧。」阿嬤說：「之前，也沒有什麼機會可以說這些話。」

「也對！那妳就說吧！」

「往後，也沒多少機會可以這樣說了。」阿嬤說：「最近，我時常覺得很累，很想好好的睡一覺。我想我的日子不多了。」

我把她的手拉緊一點。

「阿嬤並不怕死，只要我死了，我的孩子們就不必告我，告我這

個無辜的人，會被人家笑……」

阿嬷慢慢的走著，走得很慢很慢。我把阿嬷的手臂抓得緊緊的，我好擔心，阿嬷會不會走著……走著，下一步就不動了？就像那棵枯樹一樣，就那樣佇立著，失去生命了？

「阿嬷，妳是我心目中的一棵大樹，只是，妳的心被煩惱蟲蟲蛀空了。」我說：「我要幫妳抓蟲蟲，讓妳這棵空心的樹再發芽，我要妳活到一百二十歲。」

阿嬷拍拍我的手臂，沒有再說什麼話，我挽著她的手，慢慢的走著，望著西天的彩霞，望著暮色漸濃的葡萄園，望著小農村，望著這個我還似懂非懂的人間。雖然，忙碌經常讓我感到疲倦，我還是要盡心盡力的幫忙爸爸媽媽，只要阿嬷給我時間，我也要用愛，把阿嬷那

顆空掉的心填滿！我一定要讓空心的樹再發芽！聽！

耳邊又傳來那魔法般的聲音：「陳詠真啊！妳要乖，妳要堅強，妳要趕快回家幫忙！」是的，我要乖，我要堅強，我要趕快回家幫忙！我把阿嬤的手挽得更緊了，我把身體靠了過去，去感受阿嬤微暖的體溫，去傾聽這棵枯樹逐漸回春的聲音。

九歌少兒書房 203

我家有棵空心樹

著者　陳瑞璧
繪者　蘇力卡
責任編輯　鍾欣純
發行人　蔡文甫
出版發行　九歌出版社有限公司
台北市105八德路3段12巷57弄40號
電話／02-25776564・傳真／02-25789205
郵政劃撥／0112295-1
九歌文學網　www.chiuko.com.tw
印刷　晨捷印製股份有限公司
法律顧問　龍躍天律師・蕭雄淋律師・董安丹律師
初版　2011（民國100）年 6月
初版 2 印　2014（民國103）年12月
定價　260元

書號　0170198
ISBN　978-957-444-770-1
（缺頁、破損或裝訂錯誤，請寄回本公司更換）

國家圖書館出版品預行編目資料

我家有棵空心樹 / 陳瑞璧著 ; 蘇力卡圖.
-- 初版. -- 臺北市 : 九歌, 民 100.06
面 ;　公分. -- (九歌少兒書房 ;203)
ISBN 978-957-444-770-1(平裝)

859.6　　100007969